我思邪

张元基忧思文集

张元基 著

南方日报出版社
NANFANG DAILY PRESS
中国·广州

图书在版编目（CIP）数据

我思无邪 / 张元基 著. — 广州 : 南方日报出版社, 2014.9
ISBN 978-7-5491-1105-3

Ⅰ. ①我… Ⅱ. ①张… Ⅲ. ①中国文学－当代文学－作品综合集 Ⅳ. ①I217.2

中国版本图书馆 CIP 数据核字(2014)第 125291 号

书名题签：蓝广浩
责任编辑：阮清钰
装帧设计：肖晓文
责任技编：王　兰
责任校对：阮昌汉

WO SI WUXIE
我思无邪　　张元基　著

出版发行：南方日报出版社
地　　址：广州市广州大道中 289 号　邮编：510601
电　　话：（020）87373998-8502
经　　销：全国新华书店
印　　刷：广州市怡升印刷有限公司
开　　本：787 mm×1092 mm　1/16
印　　张：14
字　　数：190 千字
版　　次：2014 年 9 月第 1 版
印　　次：2014 年 9 月第 1 次印刷
定　　价：36.50 元

投稿热线：（020）87373998-8503　读者热线：（020）87373998-8502
网址：http://www.nfdailypress.com/index.html

放眼未来

当冬日的寒霜残酷地冰冻了我的心河
当流水的哽咽倾诉着豪情的蹉跎
我依然执着地邂逅低迷的溪流
用方正的繁体字写下：放眼未来

当我的绿橄榄被风打落
当我的鲜花开在别人的春天
我依然执着地用生锈的犁耙
在荒芜的桑田篆刻下：放眼未来

我要用热情哪召唤九天的浮云
我要用自信哪会见五洋的碧波
飘逸着不羁那股霸气的神采
用历史的空灵记下：放眼未来

我之所以真切地放眼未来
是因为我有拥抱世界的胸怀

目 录

思索，为信念所牵引，被智者所驰骋，以它“纯钧”一般的锋刃，向前行的大道上疾奔而去，从黑暗的原野上摸索开来，由无畏的开拓者不懈接力，迸击出生生不灭的火花，留下记忆不枯的长长足迹……

contents

待人接物是一门重要的学问。所谓“做人难、难做人、人难做”，就是说与人交往、与人相处的复杂性和高深的应对艺术。“不说硬话，不做软事；坚守着原则，灵活地应对，既保持了立场，又在奸险的人际中游刃有余，此为处世的实用哲学。”

contents

新的教育实施要强化这样一个理念：教授国民成为一个有素质的现代人。这个理念有两个要素，一是“有素质”，二是“现代”。与此之前我们提倡的“德才兼备”有相通之处，多了的内容是“现代”：现代意识与时代精神。

【第四辑】惟文化生生不息 111

从来历史潮流浩浩荡荡，当代经济社会发展一日千里，惟文化生生不息，包括城市、企业在内的所有社会机构和团体，既要顺应潮流、把握趋势、敢于担当，又要与时俱进，丰富、提升、精炼自身内在精神坐标、社会责任信仰与理念向往，真正深耕自身的文化，这才是持续向前的源动力。

contents

作为地级市本土媒体，面对自身发展态势以及省级外来媒体进驻地方咄咄逼人的气势，挑战面前同时处处是机遇。作为地级市报业传媒集团，如何来办地市级报纸？要办怎样的报纸？……

序一　一个率真可爱有个性的人

范以锦

传媒圈子看似大，其实很窄，传媒江湖有什么事很快就会在圈子里传开。张元基算是有个性的人，圈子里几次听人提起过他，我也看过他的一些文章。因此，对他也有所了解。

作为“80后”的张元基有些特立独行的做派，还听说他与人辩论时能言善辩。个性强的人，有人喜欢有人讨厌。尽管我没有太强的个性，但我还是喜欢有个性的人，何况张元基的个性带有某种率真与可爱。

文如其人。张元基的个性在其文章中得以体现。无论对民族自尊的忧思、对国民性沦丧的警醒，还是对传统文化弘扬的自信与疾呼，都显现出他的个性。其忧思文集《我思无邪》所彰显的性情，未必振聋发聩，却也掷地有声。其为何呐喊？为谁呐喊？该文集共分为五部分，分别为“思想的逆水行舟”“仗剑少年我独行”“拯救青少年教育”“惟文化生生不息”“纸媒请不要悲伤”，体裁包括了散文、随笔、论文、诗歌以及各类时评等。通观整本文集，可以窥见其对经济、社会、政治、文化、教育、生态等方方面面抱有极高的热情，尤其对国民素质教育、传统文化传承，均倾入较大心血去关注、反思与疾呼。同时，不遗余力地对他不喜欢的思潮与现象予以抨击，彰显出一位血性男儿对社会关注的情怀。一篇篇历年写就的文章中，见证了其青春岁月的成长与激情，见证了他对理想的坚守、对自然的膜拜以及对生活的热爱。

书中的文章，不论是随笔、散文、论文，还是各类时评、讲稿，都有着作者明显的思想倾向，或强烈的观点表达，同时兼具个人丰富的感情色彩，行文言之有物，事有所指，发人深省。譬如“拯救中国的青少年教育”系列之《为什么而学》《高度重视“校园本质”的文化建设》等，行文均有着非常鲜明而大胆的观点，并辅以细致、条理的论据，行文通畅，思想活跃，尤为可贵的是勇于通过阐释个人的观点，对当前国民教育现状的忧思与反省跃然纸上。所谓

“爱之深，责之切”，这也正是作者忧患深重的直观呈现。与此同时，文集的文章富于启发性，通过辩证、逻辑、推理、哲思等叙述手法，揭示日常生活的哲理，如文章《未知》《大度》《不做刺猬》等，可谓文以载道，颇有见地。

我虽为其作序，也并非完全认同其每一篇文章的观点，尤其是比较激进的观点。他自己也谦言：“书中的文字，还比较稚嫩、比较偏激、比较片面，欠缺了一些理性与深度，思想性与艺术性还有一些不足。”尽管如此，我对其浓烈的民族情怀、鲜明的直言，还是赞赏的。在物欲横流、拜金主义当道的社会中，需要多一些个性张扬、思想丰满的青年为社会进步鼓与呼。

观点对与不对，赞同还是不赞同，每个人有自己的判断和选择。多元社会下的多元思想的碰撞，会激发社会的活力，推动社会的进步。正因为如此，我对《我思无邪》的作者给予掌声和更多的期待！

（作者系南方日报社原社长，暨南大学新闻与传播学院院长、教授、博士生导师）

序二 君子如玉剑如虹

周智琛

元基从来都是郑重其事。近些日子一个周六的下午，他带着四岁半的儿子从惠州到深圳探我，穿着端正，行脚轻缓，一只手拉着孩子，另一只手提着给我的一幅卷轴和一枚章子。进了屋子，言明周末有扰。这家伙，比十年前我初见时胖了许多，但嘴角露出的依然是那种善良的有点负疚的微笑。

他的儿子清秀俊美，见了生人有点腼腆。我赶忙找了些点心给这孩子，他起初生分推却，直到父亲许允，他才吃了起来。点心的渣子掉在衣物和茶几上，孩子捡来吃了，元基阻拦；孩子吃食的时候手指触及嘴里，元基喝止。整个下午，这位年轻的父亲十分细致，不厌其烦。他不容许儿子有这样那样的“小毛病”，嘟囔着现在的教育理念真不像话，总说粒粒皆辛苦，掉了的饭粒要捡来吃掉，这是不对的，我们不允许。他口中的“我们”，指的是他和他的妻子。

我看着他着急的样子，笑着劝他不必太认真，但他很坚持。这就是元基，和十年前我初见时的他一样，认真起来真心有些死磕。我没深究，或许二十年前的他已是如此了。

我把元基的这身个性理解为纯粹心性所致。纯粹的心肠最是个人主义，而死磕和个人主义则是天伦关系。不个人主义，不纯粹。

大抵是在2004年春天时分，我与元基初识。彼时他在羊城晚报社东莞记者站任职，我在南方日报社东莞记者站当记者。

初见是在东莞智通人才市场的一场记者招待会上。他穿着一件白衬衣，戴着一款很书生的近视眼镜，似乎有点清瘦文弱，与人打招呼用古辞，我一下子就记住了他的样相。

那个时候，所有的记者都才二十出头，青春正好，初入社会，说话的声响都大，元基尤甚。在中午的饭桌上，他始终是个主角，双目炯炯，言语滔滔，有时话锋刺耳，劈头盖脸惹人嫌，但大部分时间，他道理深刻，有海风山骨的味道。大家听他说，不敢出声。后来聚得多了，渐渐熟络，大家可以无拘无束地谈天，我们要是对他有异见，也都哇哇大叫。他顿时气急败坏，白皙的面孔温颜一破，由红变青，吓煞人也。

实实在在地说，元基在东莞的新闻生涯是骄傲而辉煌的。他善抓独家，稿子气象庄重；他擅长交际，但处事又像舔湿封箴纸的时候那般小心翼翼；他信奉理想，他像所有欲成龙象之才的年轻人一样雄心勃勃。二十四五岁的他，太有主见，是那个年代省级媒体驻地记者的佼佼者。

凡有梦想的人，都有雄心，都愿意张扬，外向的用力与内倾的用心，易得机缘和机会。

2005年时，元基跳槽，任信息时报社惠州记者站站长；再后来的2006年，他又跳至惠州报业传媒集团就任更适合他的职位。他的每一次腾挪跳跃，我都为之欣喜感佩。讲到这一节，想到乔布斯一言，很受触动：我们拿自己的目标做赌注，绝不做毫无新意的产品，对我们而言，最重要的是下一个梦想。能在关键的时候腾挪，是迈向人生新境界的必由之路。

据说这个世界上只有3%的人会想方设法实现自己的梦想，我可以确定元基就是这3%的一分子。

当然，梦想家要光芒四射，还须尽心、尽力、尽性、尽意。以冰炭满怀抱的姿态、热泪盈满眶的心肠、青灯长更坐的毅力来成全自己和他人。我想元基有此心、此力、此性、此意，因为我从他的文集《我思无邪》中感受到一股类似的力量。

从情感的烈度来讲，这是一本达到沸点的书。书中，无论是对家国情怀的纾解、对社会现实的批判，还是对本职专业的思考、对人心人性的观照，元基的笔锋都是直截了当地戳过来戳过去，动作大、力道猛。平素不了解元基为人处事的人，兴许会从中勾勒出一幅钟馗打鬼的愤青脸谱。事实上，他的愤怒其实不是一般意义上的反叛，而是一种磊落不群和责任担当。

从文本的章法来看，文言文、杂文、论文等文体文风恣意交杂，文字直接有味，犀利、峻拔的语句频频闪烁，他的文字是开放的，习惯于下结论。从中可还原元基的好古之癖、擅辩之维、善思之心。仅从文句看，他是富有攻击性的，但从内省的角度看，他始终是抱朴守拙的。这貌似人格分裂，实则颇具古风，其仗剑少年我独行、君子如玉剑如虹的明亮和气势近乎自然。

从朋友的视角来说，我从中看到他每天都在寻觅古典的意趣，喜欢与古人神交，追求借文字以沟通古今的一种喜悦，他有好古之癖，但不是与现实隔离的那种人；我看到他对生活和写作强烈的爱，他不是间歇性的写作者，他经年秉笔直书；我看到最内心的追求，他从来都是自爱的，眼里容不下沙子，浪子侠心、天性浪漫；我也看到他的沮丧无奈，悲歌俗世，哀叹体制，愤怒僵化。我仿佛看到他穿过层层迷障，重返过去与理想见面。同理想会面，很多时候如同与死者相遇。他最动人的文字，往往是为了哀伤而作，但这样的文字并不多，从中也可看出他在生活中是何等健旺、何等积极、何等潇洒——我乐见这样的元基。

毫无疑问，元基是中国式的少年，他所思所想所行所愿，我们要中国式地体会，并在关于人生的自我体悟中，祈愿自己无论在何时在何地，都能保有十八岁出门远行的理想意气。当人人不再坚持理想了，理想会迸发无限光芒。

我们当然也要祝福自己，宁愿做一个我思无邪的少年派，也不要成为一个因为世故扭曲的伪成人。

（作者为深圳晚报社副总编辑，浙江大学硕士生导师、云南大学硕士生导师，云南都市时报社前社长、总编辑，东莞报业传媒集团前执行总编辑）

#【第一辑】思想的逆水行舟

思索，为信念所牵引，被智者所驰骋，以它『纯钧』一般的锋刃，向前行的大道上疾奔而去，从黑暗的原野上摸索开来，由无畏的开拓者不懈接力，迸击出生生不灭的火花，留下记忆不枯的长长足迹……

还原自然

自然，是最大的力量；自然，是至高的境界。

“人法地，地法天，天法道，道法自然。”自然发力，摧枯拉朽，势不可当；行云流水，张扬有法，一剑封喉！

自然的今日不自然。

而今是一个空前多元的时代。我中有你，你中有我；悲喜轮换，祸福相倚；富贵卑贱，风光沦落；昨是今非，天上地下；生死哀荣，康庄殊途；传统现代，久远弥新；百家罢废，万佛乱舞……“一生二，二生三，三生万物”，万物而生万万物，万万而致无穷，无穷而偏离原轨，百家争鸣到全民聒噪，金玉良言幻化为乌烟瘴气。

而今是一个神奇的时代。一举成名、一夜暴富的人和事经常就在你我身边轮番上演；天下人的天下事，没有不可能，只有不敢想，没有做不到，只有想不到；上九天揽月，下五洋捉鳖，不是稀奇；追溯五千年前原生态，展望未来五千年日月换新颜，不是难事。

而今是一个伟大的时代。地球就是一个村庄，遍地是机会，处处能成功，时时有奇迹。不问出身、不分贵贱、不讲资历、不论门户、不限地域、不按逻辑，只要逮住一个机会，找到一个窍门，甚或撞到一个大运，就可以创造神话，改写历史。

而今是一个侈靡的时代。人类社会的物质文明从来没有像今天这般达到如此高度。山珍海味、醇酒佳肴、奇珍异宝、美女香车，还有桑拿沐足、推拿按摩以及环球悠游、贵宾疗养，眼花缭乱、应接不暇的吃的、喝的、玩的、乐的，应有尽有；留恋那夜夜笙歌、灯红酒绿、红男绿女、纸醉金迷，陶醉之处不知天上人间。

而今是一个混乱的时代。道德滑坡、伦理模糊、文化断裂、精神迷失、信仰匮乏，在今天是如此赤裸裸地呈现。普遍的、终极的、神圣的、伟大的……

这一串以前曾给予人类乃至世界以永恒的形而上学光辉的词语，恐怕是无论如何也不能再在我们心中唤起往日的冲动与信仰了。已经没有多少东西不可以被挖根掘底地对其前设进行质疑了。当精英话语和意识形态话语终于失去了它们所依恃的权力背景之时，无论是旧世的遗老遗少，还是新世的暴发户，都在抱怨人心不古。“无所谓”“随便”口号冲击下的规范失控，大众文化对传统文化轻而易举的绞杀，给这个时代涂上了迷离、混乱的色彩。

信息工业、电脑文明的出现，在方便了信息、知识的传播，从而为人的自由发展创造开拓了更广阔的空间之时，也加深了个体化的裂痕。虚无主义、以自我为中心的情趣在流行文化中表现得极其招摇。有人甚至把网络时代称作一个孤独个体狂欢的时节。——然而，这一切，与朴实、纯粹的“自然”，是何其遥远和不可理喻！

与自然无缘，与自然背弃，那是社会的悲哀，是人类的灾难！

（2008-07-17）

为阳光而歌

持续了近一个月的阴雨冰冻天气，今天终于回暖了！天空放晴，久违的明媚阳光普照，神州处处朝气，大地欢腾，人们欢欣雀跃。

自元月下旬以来，我国中南部地区遭遇历史上罕见的持续低温、雨雪冰冻天气，广东、湖南、湖北、四川、安徽等地经济社会发展和人民生活受到了严重影响。广东北上邻近省份的主要公路干线交通受阻，铁路运力锐减，民航延误，煤电油运紧张，大量返乡过节的外来务工人员被迫滞留。严重的自然灾害和备受凄风冷雨煎熬的半路旅人，举国牵动。

中央、省、市领导的一线视察和慰问，千万志愿者的亲切行动，各地应急预案和行动的紧急启动……风雪无情，人间有情。汽车站、火车站、飞机场，大自然的寒流挡不住人们的爱心和温暖的流动。

是啊，大自然是不可开罪的！是啊，人在大自然面前是脆弱的！难道不是吗？仅仅一场风雪的不期而至，广东的外来人员去留几近陷入瘫痪！不能不承认，在经济相对发达的今天，在灾害和重大突发事件面前，我们的应急预案和机制显得何其不堪一击！

今天，我们迎来了阳光，为此我们欢呼；而老天爷总是要变脸的，明天、明天的明天的明天，阳光“休假”了，我们又当如何？诚然，风雪固然可恨，毕竟还不可怕！世界的冷漠和人的冷漠才是人间的魔鬼！

我不禁要为阳光而歌。因为大自然不能没有阳光，人的心情不能没有阳光，心灵同样如此！

（2008-02-03）

棒喝“多元”与“多彩”

这个世界太多元，如今时代太多彩！

多元，使人们有了更多选择；多彩，使人们的生活更加丰富。

然而，世上的事情都是辩证的，而且有时物极必反或者过犹不及！

由多元带来的“更多选择”经常造成“选择的困惑”，反而变得无从选择！

由多彩带来的“更加丰富”难免造成“丰富的过剩”，由此让人茫然迷失！

现实精神世界中，精神、思想和人文等等，归根结底都将烙上文化的烙印！

当代中国所谓文化的多元，直接的结果之一就是让老祖宗几千年遗留给我们的文化，在近代短短的一百多年里被“革命”得只剩下“实用”和无限膨胀的“私利”；“礼仪之邦”和“道德之邦”的骄傲荡然不复，支离破碎、模糊得已让有良知的国人羞于启齿；尤其中华传统文化核心的“和”与“礼”的缺失，导致现实社会多少矛盾无法调和！

而西方文化对当代中国，尤其是文化的冲击，俨然已经使曾经作为文明古国的“人文之邦”变成了现代商业化条件下的“举国逐利”，不折不扣沦落成“唯利至上”和“实用至上”，“功利主义”和“实用主义”思潮成为人们普遍的自然意识！

当代中国的中西文化的杂交，给人的最直观印象就是：不中不西、不古不今。像极了古代的阉人：不阴不阳、不男不女！

…………

现实物质生活中，人们的消费、收入、便利和档次等等，无一例外地都追求充盈和多彩！

当代中国所谓生活的多彩，无非是沟通牵上互联网了，出行乘上飞机了，三餐吃上山珍海鲜了，冬夏用上空调了，月入过万了，诸如此类，不一而足！

而另一方面，人与人之间的冷漠、人情的世故，最基本的社会安全感的缺失，医保、社保等社会保障的缺位，还有那灯红和酒绿、那纸醉和金迷、那夸张的铺张和奢靡、那可怕的污染和束手无策的癌症等等，不由得让人生发出忧虑、消极与恐惧。

理性而清醒的人们，谁又能否认今天这个想来是如此多元、看来是如此多彩的社会，事实上与和谐盛世还相距甚远！

恰如此，当代的人们，尤其年轻的一代，真的必须严肃认真、科学严谨地审视一下我们今天拥有的，曾经如此让人欢欣鼓舞、乐观庆幸的“多元”和“多彩”！

您认为如何？

（2007-11-14）

端午“不端”

今日（2010年6月16日，农历五月初五）是一年一度传统的端午佳节。

端午节，在我国春秋战国便已风行，距今已有2000多年的历史了，是名副其实的传统节日。随着历史的演变，端午节期间吃粽子、吃“五黄”（黄瓜、黄鳝、黄鱼、蛋黄、雄黄酒）、赛龙舟，至今日仍是最为深入人心的传统保留项目。

端午节，在我国所有传统节日中叫法最多，有20多个，堪称节日别名之最。如端阳节、重五节、重午节、天中节、夏节、五月节、菖节、蒲节、菖蒲节、解粽节、端礼节、龙舟节、浴兰节、粽子节、午日节、女儿节、地腊节、诗人节、灯节、五蛋节、龙日、午日等。

关于端午的由来，至少有“纪念屈原”“纪念孝女曹娥”“迎涛神”“龙的节日”“恶日”“夏至”和“纪念女诗人秋瑾”等，尤以“纪念屈原”为最。

在节日习俗方面，端午有挂佩饰，禳解、祛除及避五毒，挂艾草、菖蒲、榕枝，龙舟竞渡与祭祀屈原、曹娥，跳钟馗、闹钟馗，斗草嬉戏等活动。此外，古时端午还有射箭之戏、打马球和北京游天坛等。

中国节日文化内涵之丰富，直让人眼花缭乱、应接不暇。

而今，端午节来了，各地商场处处粽子飘香，人们蜂拥购买品尝；各级地方政府、社会团体纷纷组织龙舟比赛，观赛会场人山人海；更有一些游兴雅致的人，趁着端午节三天假期，或呼朋唤友，或三五成群，一览祖国河山锦绣……端午节外在形式的呈现无非如此。今日的人们之于端午节日，更多的只是居于一种热闹的响应、喜庆的参与和文化的旁观，这真是端午“不端”、佳节不佳呀。

（2010-06-16）

远离“巨星”和躬送大师

最近这次关于“流行音乐之王”迈克尔·杰克逊的铺天盖地的新闻，核心内容是“他死了”。他的死，据说全球关注的人数以十亿计，哀荣至此，普天之下能有几人？这数以十亿计关注、纪念的人当中，不乏痛心疾首的铁杆崇拜者，不乏哀伤失落的同情者，不乏死心追随的后继者，不乏借此搅天扰地的好事者，也不乏一些纯粹只是娱乐本身的关注者。他们或悲痛，或眷恋，或不舍，或失意，或纪念，总而言之是郑重其事、肃穆悲伤的。

就人道主义的立场上说，对一名死者，我会尊重、默哀；而对杰克逊这种作为的人及其众多的关注者和为他的死郑而重之对待的人，我是不以为然的。

令人尤其愤激的情绪是：“他活多久干卿底事？”事实上，这番“恶毒”的言辞，必然会惊倒和激怒多么多么大的一片人。而正是因为有那么那么大的一片人“惊倒和激怒”，才让人更加激愤：这个时代怎么啦？这个时代的人怎么啦？杰克逊其人、其作为，有哪一点与“积极”“健康”“纯洁”“高尚”“高雅”这些人类的美好情趣挂得上钩？甚至连相互联想的可能都没有！历史都是由后人来书写的，历史必将做出公正的评判：杰克逊留给历史和后人的印记就是变态、癫狂、疯狂、颓废、麻木、错乱和神经质。就这样的人，居然让这个时代的这么多人奉为偶像和“天王巨星”，甘心、真心地去崇拜和追捧，何其匪夷所思！这难道不是疯了的人？疯了的时代？这至少是一个偶像稀缺的时代！追求迷失的时代！

我特别痛心的是，杰克逊的追随者中，中国人同样不在少数！中国改革开放30余年，“西风压倒了东风”居然如此彻底！浩如烟海的中国古典文化在现代西方的“流行文化”面前居然如此不堪一击！西方社会妄图对社会主义中国的“和平演变”图谋，在30多年间居然如此趁虚而入，而且因缘于中国人自身的奴颜媚骨！

我一直坚定地认为，我是传统文化的捍卫者，在“流行文化”面前，我是免疫的，我是不疯的！我经常在想：我生在这个时代是不是生错了？而“身体发肤，受之父母”，我是父母的作品，我来到人间是被动的，这一点我无法选择。之所以认为“生错了时代”或者说“时代和父母错生了我”，是因为我与今天这个时代太多的人与事显得格格不入！我显然与这个时代有些不合流，当然，我无法、也不可能完全排斥这个时代的一切事物，在对这个时代反感、抗争和口诛笔伐的同时，我也在享受这个时代提供的科技应用服务和现代生活的无限便利。“真正地恨着而无奈地爱着”，这是我对这个时代的全部感受。

而最让人忧愤的，是这个时代人们精神的迷失，还有对真正的巨人的冷淡和漠视。

2009年7月11日，学界泰斗任继愈和季羡林同日仙逝。两位大师的学识、人品、风骨、贡献，让人们高山仰止；我们痛失两巨人，而他们的逝世事实上也宣告了一个时代的终结。大师已不在，音容笑貌已成追忆，而对大师们传统的、现代的、历史的、将来的、中国的、世界的精神坐标与文化属性的人文缅怀，中国人仅有多少？世界人民又有几多？与全球数以十亿计的人去纪念杰克逊的死亡相比较，是大师们的落寞，还是当代人的无知、浮躁和混沌？精神的迷失与认知的模糊、错乱，必然是这个时代的终极悲哀！

这不禁让我想起司马迁的一句话：“人固有一死，或重于泰山，或轻于鸿毛。”我始终相信，大师们的远遁尘世、飞往天国，他们是重于泰山的；世界人民不以喧嚣隆而重之地躬送，他们去天堂的路上不是寂寞，而是宁静安谧！

（2009-07-24）

看北京奥运开幕式

今晚，我和家人全程看完了第29届北京奥运会开幕式。

或许是印证了“希望越大，失望亦越大”的论断，开幕式并没有我预期中的惊喜。整个开幕式有浓烈的张艺谋电影的“风格”，充斥着故作的深沉和肤浅的神秘。当然，这样说似乎是有些苛刻和求全责备。开幕式中，对中国传统文化的推崇和古典的诠释，还是很成功的。其间我国古代“四大发明”的轮番演绎，让中外宾客强烈感受到了中国作为拥有五千年历史的文明古国的博大精深和灿烂文化的源远流长。

但是开幕式中主火炬的点燃方式，实在是一个巨大的败笔。主火炬手李宁吊着铁线在空中绕着“鸟巢”跑一圈，而后十分机械、枯燥地点燃了主火炬，原本最激动人心的一刻，平淡得毫无悬念和创意。整个点燃的过程实在乏善可陈，尤其中央电视台居然由始至终未给主火炬手李宁一个正面的镜头，以致全世界的电视观众无从知晓北京奥运会开幕式主火炬手到底“音容笑貌”几何？这真是滑天下之大稽！

整个开幕式，多少让人觉得有一种意味，是中国人借奥运会在向世界一反羞答答地炫耀和长久以来压抑反弹后的张扬，虽然形式和手法上是如此冠冕堂皇和有一些文明。中国和中国人在开幕式上自觉和不自觉流露出的扬眉吐气多少让人（尤其外国人）感觉有些咄咄逼人的味道。

是的，奥运来了，奥运在进行了！中国和中国人是该为此骄傲和自豪。毕竟，百年梦想今朝圆梦，这是几代人的期盼和追求。作为一个普通的中国人，我没有理由不为此而感到振奋。

然而，我要说的是，这远不是欢欣鼓舞的时刻。就说开幕式上的解说，共有三种语言：第一种从头到尾我未搞懂是何语言语种，反正不会是中国的；第二种是英语；第三种才是普通话！我弄不明白亦感到怄气的是，为何在我中华的土地上举办的奥运会，开幕式的时刻，不是国语普通话领衔解说，而是让外语肆意风行？还有，我们央视的节目以及赛事转播，屏幕上的字幕为何依旧是英语而不是中文？中国实质上的不自信以及中国人的底气，通过这两点，事实上暴露出来的不仅仅是一种崛起前的仓皇，还有民族意识、民族自信的准备不足。

在我看来，奥运会其实没啥大不了的。中国的强大，未必完全依托于走向世界；把自身旧日的家底搬出来，用心拾起尘封的沉甸甸的历史遗产，再一心一意地稳步发展，中国的复兴与强盛，只是一个时间的问题。

（2008-08-08）

舆论引导不能“利字当头”

舆论引导不能“利字当头”。

我们党其中很重要的一个法宝，就是群众路线，是帮助我们党在那个特殊历史时期夺取政权的重要因素。其中广泛宣传发动广大人民群众的政策，尤胜于千军万马的威力，“一切力量的源泉来自于群众，依靠于群众；从群众中来，到群众中去”，这是我们党最终取得革命胜利的法宝。

枪杆子和笔杆子是我们党颇为重视的两“杆子”。“枪杆子里面出政权”，这是伟大领袖毛泽东主席的名言，那笔杆子呢？

笔杆子里出力量、出源泉。而笔杆子，其表现的形式，主要是我们的舆论宣传。但是今天的宣传媒介与加强党自身的建设、加强党的执政能力建设、落实科学发展观、构建和谐社会上有不少方面是背离的。它至少有“五宗罪”。

首先，它偏离了应当的方向。其次，它腐化变质了。再次，它没有与时俱进。还有，在意识形态的斗争中，它已丧失了自身的个性与立场。最后，它腐朽了一代甚至几代人。

先说方向问题。方向是一个总开关，方向错则全盘错。社会主义条件下的舆论宣传无疑是党的理论武器，舆论阵地是党的宣传工具。从党与人民群众的血肉联系的意义上讲，舆论阵地也是群众喉舌。朱镕基给中央电视台《焦点访谈》题写的“舆论监督、群众喉舌、政府镜鉴、改革尖兵”，是对舆论宣传高度与准确的总结。而当今的不少新闻媒体，在这一方面大大偏离了；尤其是各级党委机关报（包括广播电视）之外的不少新闻媒体，更是“八仙过海，各显神通”，以跟风炒作，渲染血腥暴力，宣扬扭曲的世界观、人生观和价值观等为能事；更有甚者，以迎合一部分大众的低级趣味、捕捉流行“星腕”腐朽的生活方式等为己任，媒体氛围被搅拌得一片乌烟瘴气！以上这一切，完全与我们马克思主义新闻观中“以正确的舆论引导人”的初衷背道而驰！

关于腐化变质。精神（思想）的腐化足以毁灭一切。新形势下，不少新闻单位在物质文化高度发达的种种诱惑之下，新闻行业的操守、德行发生动摇，行业的纪律、禁忌被抛诸脑后，职业底线的雷池被逾越！狭隘的自由主义、自由化思潮、拜金主义、实用主义与功利主义的泛滥之下，严肃的社会主义新闻队伍几乎丧失了党性！

没有与时俱进。与时俱进是时代精神和与时代发展相适应的现实要求。新闻单位的嗅觉在任何时候都要比一般的行业更为敏锐，是引领时代精神与呼应发展大潮的先锋。而抱残守旧的心态在当今不少新闻媒体中也有一定市场：往往是应要坚守的犯了“右”的错误，应革新的又犯了“左”的错误。前者如全国各地各类报纸满天飞的娱乐新闻版面的设置与正面积极的新闻人物或事迹宣传的稀少，两者形成鲜明反差、莫大讽刺：好人好事远不及明星大腕的鸡毛蒜皮受欢迎。后者如新闻单位运行机制的改革，几十年依旧“老牛拉火车”，改革开放至今，而新闻单位原班的优劣人员一律“铁饭碗”依旧（后来者是实行聘用制），不知是不是怪事?

关于意识形态的斗争。当今相当一部分新闻阵线似乎已放弃了意识形态的斗争，已接近丧失了自己的立场、原则，因此也就无从谈起自身的个性与特色。随波逐流、人云亦云、跟风炒作、迎合大众趣味，这基本就是当今不少新闻单位的指导思路与行事风格。尽管中华人民共和国关于姓“社”与姓“资”的争论早已成为历史，但绝不等于说今天的中国就是“资本主义国家”。事实上，国际上以美国为首的西方发达资本主义国家从未放弃或者说放缓对我们进行“和平演变”的图谋，马克思主义辩证法、唯物观、科学发展观，应一如既往地永远坚持，传统的中国历史、人文、文化精神，我们应当世世代代地继承与发扬……遗憾的是，当今中国的不少新闻媒体，这个角色的责任与历史的责任都没有担负起来。没有了自己的信念追求、历史责任感和时代精神的新闻媒体，注定是要被历史发展和现实需要所淘汰的。

关于腐朽了人。舆论是时势的风向标。“舆论引导人”。健康积极的舆论引导人们健康积极的意识；腐朽消极的舆论引导人们腐朽消极的意识。当今一些新闻舆论过度地渲染物质胜于精神，使享乐主义、拜金主义、功利主义、个人主义等西方的意识形态和生活方式在今日的中国泛滥成灾。相反的，对中国传统文化、优良品德、灿烂历史、壮美山河，对中华文明中的集体主义、爱国主义、英雄主义、民族血性，对改革开放所需要的奉献精神、拼搏精神、团队精神、牺牲精神，落实科学发展观的历史责任，通力构建和谐社会的政治热情等，却缺乏有责任感、有创造性、富建设性、具前瞻性地系统而有感情地进行科学的引导、张扬、渲染。这类正面积极的、鲜活的报道，在今天的不少报纸杂志中难得一见。

经常有心无力地问：那些影视明星大腕今天结婚了，明天离婚了，后天又结婚了，大后天又离婚了，生了小孩了，拍了哪部戏了，整了容了，又走穴了，开演唱会了，超级女声了……这些跟社会主义伟大的经济建设何关？跟社会主义精神文明建设、政治文明建设、和谐社会建设，甚至物质文明建设何关？为何我们的报纸、杂志、广播、电视、网络的版面和时段就如此不惜人力、物力、财力，乐此不疲、不惜篇幅和时间地折腾？

有人说，这是社会主义市场经济条件下“利字当头”的结果。难道逐利就可以不讲政治、宗旨，不要原则、立场？这种“舆论的引导”，如此大行其道，并以有过之而无不及的趋势在继续张扬与发展。这，难道不应引起有良知的人们警视吗？

（2005-04-05）

“无冕之王”的嘴脸

新闻记者的触觉渗透到社会的方方面面，一言一行代表着单位的形象，也是人民群众了解新闻单位最直观的载体。老一辈的人说，人们对记者相当尊敬的时代已不复存在了，记者曾经作为“无冕之王”的崇高荣誉已被今天人民群众更多的不屑与悲愤所取代。今天的记者们被人民群众大概归结为以下七类：

耀武扬威型。由于职业的特殊性，新闻曝光往往让一些“灰色”的人和事胆寒。这一类记者，紧紧拿捏住这些人的“七寸”，要么招摇撞骗、混吃混喝，要么威逼利诱、敲诈勒索。平时走起路来额门朝天、两脚像螃蟹、说话压着嗓子、出入各种场合时耀武扬威往往是这类记者的行动标签，“拿着鸡毛当令箭”，典型一派“我是记者我怕谁”的架势，和王朔“我是流氓我怕谁”的痞子思维逻辑惊人相似。

歌功颂德型。这类记者，在当今媒体极为多见。在他们的笔下，会议没有不重要的，效率没有不提高的，群众没有不满意的，治安没有不稳定的，进展没有不顺利的，成就没有不巨大的，问题没有不解决的，任务没有不超标的，施工没有不安全的，竣工没有不提前的，全国没有不小康的，领导没有不廉洁的；最可笑的是，这边某位领导已经因腐败被“双规”了，那边还在极力鼓吹其是如何廉洁自律，真是可笑复可悲！

见钱闭眼型。有这样一则报道：2005年7月31日，河南省汝州市一煤矿突发透水事故，正在井下作业的多名工人得以逃生，但还是有人员伤亡。以“三农杂志”为首的众多“媒体记者”前往汝州“领工资”。事后据汝州市某镇政府企业委的一杨姓主任称，各个媒体分级别发钱：一是凡是自称来自中央级大媒体的每人500～1000元；二是凡是自称来自省内各大媒体的标准是每人200～500元；三是其他市级媒体每人200元；跨行业、跨地区媒体每人100元。在此次的发放中，共有100多家媒体480人领走了20万元。杨称：“汝州市太穷，在煤矿事故中这是最少的，与登封、新密二市的煤矿事故发红包相比，是小儿科。”悲哀，不仅仅是个别记者的，更是整个新闻界的。

哗众取宠型。有这样一则报道，题目为《杭州抓获10名卖淫女　半数是在读大学生》。这则报道让人无比愤慨的原因是：全文近2000字完全是围绕着“女大学生卖淫”这六个字展开，彻头彻尾的“哗众取宠”。也许这位记者惊讶于如今天之骄子、象牙塔里的人的堕落，或是气愤于大学管理的问题，但是他（记者）唯独没有想过，她（女大学生）这么做会不会是因为有自己的难处？为什么不能从根本上去看清这个问题？在我国当前穷国办大教育的现实背景下，作为一位记者，是不是应该将思维方式改变一下？是不是该设身处地地为那些女大学生想想？事实上，新闻背后还大有新闻；为什么就不可以多一些“新闻良知”呢？

拣人剩饭型。这是指那种没有新意，完全跟着潮流走，别人报道什么他也报道什么。这种拣人剩饭型的报道在2005年达到了登峰造极的地步。综观2005年的电视新闻、网站、杂志、报纸，几乎所有的角落都可以找到“超级女生”的影子，而且题材与报道模式也是千篇一律。这类记者，虽有可能红极一时，但绝对成不了气候，且极容易被人当枪使！

闭门造车型。新闻报道最基本的准则是真实与客观。然而时下某些记者不知道是因为没有门路联系不上某些名人大腕，还是干脆就懒得费那个劲，一律闭门造车。现实中，“杜撰和想当然”的报道见诸各类报端的事时有发生。

揭人隐私型。综观现在的媒体，除却《新闻联播》以外，几乎每个媒体报道都会与名人的隐私挂钩，今天这个女明星和哪个大腕过夜了，明天哪个富翁包二奶了，后天哪个明星要生孩子了，总之是什么隐私就揭什么。这类记者的“天职”就是捕捉他人的丑闻、秘闻、绯闻、内幕。难道真的没有更重要的负责任的新闻可做了？

还有一类，就是真正代表了正义、公正、客观、真实、准确、时效，坚持以正确舆论引导人的社会主义新闻单位中那些合格的、可敬的、无畏的记者！他们是无愧于“无冕之王”的新闻从业斗士！

就我自己的工作经历，从广东省广播电视台（今南方电视台）到中国青年报社广东记者站，再到羊城晚报社、信息时报社，直至今天所在的惠州日报社，参加工作伊始我就一直处在新闻采编一线。新闻从业六年余，感悟良多，对当下“记者”的角色诠释，可谓感受深刻。我的一个理解是，举凡一份报纸，总编辑的风格就是报纸的风格；而报纸的风格决定了记者的风格，怎样的报纸就会需要怎样的记者。记者的型类，不就反映了当今报纸（包括广播电视）的型类？

这就是对今天的媒体在正常的逻辑下所得出的真实谬论！

（2006-05-29）

贤内助“贤”在“助”之功

谋事在人，成事亦在人；人是一切因素中最革命的因素。而“人之王（首）者”，是革命因素中的最核心因素。故兵家云：“欲治兵者，必先选将。”千秋多少功业之成败、铁血峥嵘，首要在于用人，尤其是团队主官的任用。电视连续剧《亮剑》中的李云龙说，一支军队一定有“军魂”，这军魂与这支军队的首任军事长官的性情、风格、气质直接相关并由其决定，“兵熊熊一个，将熊熊一窝”，诚所谓也。而从来“将”非妇人，由此得出一个结论：一个战队、团队的首领，决不能是女性；绝大多数的女性，甩不掉温婉、柔和与软弱的特质。虎狼战队首先需要的是攻击力、抗击力和杀伤力，往往是赤膊上阵的拼杀，要的是壮怀激烈、杀身成仁，在刀光剑影、杀声震天中所向披靡，而后火烧连营、尸横遍野，这都是属于雄性的搏杀、男性的战场，以勇猛、威仪、刚烈、血性和智慧去攻城略地、建功立业！

温婉、柔情的女性，天生不适合这种角色的定位和功业的担当。这样说，决然不是对女性的歧视、排斥和诬蔑。事实上，用女性作为副手、当作配角，就是很不错的抉择；女性所谓“贤内助”，便“贤”在“助”之功也。

按李云龙的“军魂说”，“狼”的军事主官，他带领的那支部队必然是充满狼性的“狼之队”；“虎”的军事主官，他所率的部队就是充满虎威的“虎之队”；“狐”的军事主官，他所属的部队就会是充满狐狡的“狐之队”。同理：妇人上阵、女子挂帅，以妇人之仁、女子之师赶赴硝烟弥漫处，在暴戾的战场浴血、折戟沉沙，其战斗力和杀伤力能有几何？

多少英雄泪，怨恨尽红颜。我辈是男儿，是故感叹：女人不是天生无用，而无须堪大用！

（2009-08-05）

不看狂蜂浪蝶

思索，为信念所牵引，被智者所驰骋，以它“纯钧”一般的锋刃，向前行的大道上疾奔而去，从黑暗的原野上摸索开来，由无畏的开拓者不懈接力，迸击出生生不灭的火花，留下记忆不枯的长长足迹……

无疑，思索是一种力量。我们把对未来的思索称作理想；我们把对历史的思索称作回顾；我们把对今天的思索和因思索而带来的行动，称作记载，亦称作绵延历史的传承。

诗者说：“去践行，不看狂蜂浪蝶，不听唧唧歪歪的谈论，用心行事，不理来风，全由自我。”这说的就是积极的实践。

践行，可以创造未来；践行，可以提升水准；践行，可以检验档次；践行，也是真知的源泉。

思索与践行就是一对兄弟。思与行，就是“想”和“做”，两者是和谐统一、相互连贯的。只“想”不“做”，纯属妄想；光“做”而不“想”，等同胡来。老人告诫说：只有思路，而不“走路”，结果必然是“死路”。

在思索中践行，在践行中思索，思索与践行是完整的两个方面，人类历史的发展史也就是一部思索与践行相互依存而又相互促进的豪迈宣言。

（2008-01-07）

思想的逆水行舟

近些年来，我常常怀疑自己，退步了！思想、视野、灵性、活跃、写作、体魄、思维方式等方面，均不如以往。时常适逢生活的琐碎烦恼、工作的诸般不顺、感情的不尽如意、现实与理想的较大落差、成绩面前的难免遗憾等等，这种“不自信和怀疑自我”的折磨尤为严重，每当这个时候，忧郁和愧疚、失落和无奈、动摇和脆弱的情绪便如影随形，以至形成了“恶性的循环”，这无疑是年轻生命的梦魇！

我赖以自信的，首先是自己的思维方式。一位很有思想深度的兄长曾经告诫我，统治这个世界的是思维！多年以前，这句话我似懂非懂；多年以后，这句话于我受用无穷。是的，思维的力量是统帅整个世界的力量；人类的思维决定世界的发展方向、方式、进度和最终的归宿，甚至包括消亡！有什么样的思维，就会有什么样的思想；有怎样的思想，就会有怎样的精彩！而思想（意识）指导人的行动，行动若何，世界的精彩便若何！“思维”在某个意义上就是智慧的源泉、成功的钥匙。因此说，思维方式之于一个人，就是他行为的标签、思想的烙印、价值的度量！

我应当算是一个自信的人，这源于我懂得思维的重要并理解如何运用思维。寰宇的博大、万物的自然、人性的博爱、人生的理想、生命的真谛、生活的淡然、成功的把握以及哲学的思辨、艺术的熏陶、历史的诡异、时代的更迭、岁月的空灵，我都有自己的思索和见地，都有自己的思想和行动，而且是充满自我的个性与色彩的展现！

我崇拜秦始皇帝开创华夏江河一统的伟业，我向往汉高祖、明太祖一介布衣各自开启一个新的王朝，我钦佩毛泽东主席傲视古今、唯我风流的胸怀和豪气；对先秦诸子百家之于人类思想文明的布施，我亦十分虔诚地仰视和拜服！

不知何时起，我爱上了“海纳百川，有容乃大；壁立千仞，无欲则刚”这句话，这应当是自我福至心灵的一个感悟！

而我最大的遗憾，恰恰是我最引以为豪的“思维方式”亦出了故障，掉了链子。曾自以为的大气、豁达、包容、坚韧和与众不同，如今趋向了平淡，回归了平凡，危险地靠近平庸——我的忧患和危机感与日俱增！

次之于“思维方式”的是写作。我不敢说写作就是我的生命，那样说太虚伪、太矫情；我所崇尚的是质朴、自然而真实的品质。写作之于我的意义，用诗一般的语言来表达，即“绿叶对根的情谊”。生命中，已不能缺失写作，无法与文字和由文字组成的篇章擦肩而过。写作就是我的打拼方式，文字就是我的武器，篇章就是我的战利品。

我思故我在，我在故我战斗。一支笔、一张纸，一个闪念、一个感悟，一首诗歌、一篇评论，战斗的内容、地点、目的或许各异，而战斗的宣言、战斗的旗帜和战斗的性质始终不渝。

回想当年，兴之所至，灵感突现，一首诗歌、一篇散文、一个评论，几乎信手拈来，手起笔落处，墨迹未干，行文已出炉；流畅的思路、优美的文字、尖锐的评论、睿智的交锋、感性的臆想、理性的思索、艺术的升华，如此诸般，不在话下。

而今我却无法回避这样一个事实：至少我驾驭文字和记录事件的战斗力减弱了！我的恐慌尤其在于：发现的眼光、敏锐的判断、系统的分析、相关的联想、精辟的评判，思想行者的智慧的集成，统统打了折扣！这是于我最危险的悲哀！

此外，曾经较为强健的体魄，而今已不复。“只能追忆当年勇”的苦涩，与之相伴的是“阳光不足，阴柔有余”，这是作为自命不凡的大丈夫所不屑的，尤其与自我标榜的“大口吃肉、大碗喝酒、大声骂娘”的“豪爽”性情相去甚远！这不能不说是人生的巨大遗憾！

还有，感悟少了，敏感强了；活跃少了，老成多了；笑脸少了，郁闷多了；闲适少了，凝重多了；纯情少了，练达多了；生活化少了，政治性强了——灵性的褪色，是对青春的鞭打、对年轻的残忍，这同样是我而今巨大的无奈！

…………

诚然，逆水行舟，不进则退！一个人的进步应是爆破式的、裂变式的一种状态；没有明显的进步，本身就是一种退步！而未有进步反而落后，这必定是生命无法承受之重！

呜呼！又步入人生至为关键的一个十字路口！

（2007-11-14）

《甲申三百年祭》实不如名

这两天阅读了《甲申三百年祭》。

在一个甲子以前，《甲申三百年祭》以及作者郭沫若可谓如雷贯耳，《甲申三百年祭》堪称雄文。延安“整风运动”期间，以毛泽东同志为代表的中共领袖们，更是将此文指定为“整风运动”的学习文件之一。直至新中国成立以后，毛泽东同志仍多次在不同场合对《甲申三百年祭》予以高度的评价。

权威并非无可挑剔。在我看来，《甲申三百年祭》不过尔尔，名不符实。

该文洋洋洒洒16000余言，无非叙述明亡大顺兴的前因后果。连贯全篇的是李自成落寇、遇挫、抗争、发展、壮大，乃至陷北京、覆明室以及建立短命的大顺朝全过程，铺垫以当时的国计民生和明室的衰败没落等等。

通篇行文，引用的事实与论述占据“十之八九”，作者的原创实在有限，而文辞华美之处实在乏善可陈，谋篇布局也似乎严谨不足，拖沓有余，尤其尖锐和精辟的论断更是凤毛麟角。末尾一段“三百年了，种族的遗恨幸已消除，而三百年前当事者的功罪早是应该明白判断的时候。从种族的立场上来说，崇祯帝和牛金星所犯的过失最大，他们都可以说是两位种族的罪人。”这是在我看来最为犀利和点睛的地方，也不过平淡若水的大白话而已！

即便被认为吹毛求疵，我仍然不吐不快。依我来看，该文至少有以下方面的欠缺：

首先是篇幅。全文16000余言，虽不是长篇巨著，也算是雄文大论了。尤其名为“祭文”，自该长话短说、概纲括要，就算不能三言两语一目了然，也当千儿八百言便说清前因后果、是非曲直。如此话不嫌多，句不嫌长，洋洋洒洒上万言，实在当不得“祭文”，而是记史。

其次是文风。通篇行文“十之八九”乃引用的事实与论述，均为文言文，文辞虽然单调枯燥，毕竟古文风采，简练精悍。而属于作者原创的“十之一二”的内容，均为白话文，毫无文采的粉饰和结构的雕琢，几无底蕴和张力可言。

再次是严谨。通篇引经据典过甚，出处过杂。如果说引用《明史》《明季北略》《明亡述略》《甲申传信录》《李自成传》等“史料”实为情非得已，而有相当的篇幅大量借用诸如《流贼传》《烈皇小识》《剿闯小史》《芝龛记》《懿安后事略》《明懿安皇后外传》等的章节或情节，就不是不严谨，而是不严肃，至少不够严肃。历史原本是后人写的，一定程度上可以进行艺术加工，但不能与历史的事实真相相距十万八千里。权威如《史记》，其对始皇帝的挞伐，不亦何其主观臆断和评价不公？因此，“出处过杂”非但不能更翔实、准确地说明和解答问题，反倒很有可能颠倒对是非黑白的判断。

还有是狭隘。通读全篇可以看到作者“狭隘的民族主义”。如文头的“然而甲申年总不失为一个值得纪念的历史年。规模宏大而经历长久的农民革命，在这一年使明朝最专制的王权统治崩溃了，而由于种种的错误却不幸换来了清朝的入主，人民的血泪更潸流了二百六十余年。”还有文尾的“又假使李岩收复河南之议得到实现，以李岩的深得人心，必能独当一面，把农民解放的战斗转而化为种族之间的战争。假使形成了那样的局势，清兵在第二年决不敢轻易冒险去攻潼关，而在潼关失守之后也决不敢那样劳师穷追，使自成陷于绝地。假使免掉了这些错误，在种族方面岂不也就可以免掉了二百六十年间为清朝所宰治的命运了吗？就这样，个人的悲剧扩大而成为了种族的悲剧，这意义不能说是不够深刻的。”通过这些话，我们可以看到作者既有对个人之于历史进程的重要性的过分夸大，是一种对“专制独裁”潜意识的膜拜和奴化，也有对“民族性”界定的自私和浅视。事实上，中华民族的发展史，本身就是一部民族融合史。我们并不否认汉民族的不少人对清王朝不怀好感、十分反感，甚至仇视的事实，但就“个人之于历史进程的重要性”以及对“民族性”界定这两个方面的诠释，不能不说是作者的一种狭隘和偏执。

最后是深度。全篇的内涵以及由内涵而延伸的对现实意义的阐述深度不够。作者只是说“崇祯帝和牛金星所犯的过失最大，他们都可以说是两位种族的罪人”，“而李岩的悲剧是永远值得回味的”。“甲申三百年”的意义之于当时应是有一定警世意义的，作者是“不能讲”还是“没想到要讲”，我们不得而知。我们所知的是，一是经作者“附识”，“此文以一九四四年三月十九日在重庆《新华日报》上刊出，连载四日。二十四日国民党《中央日报》专门写一社论，对我抨击。国民党反动派的尴尬相是很可悯笑的”。二是经以毛泽东同志为代表的中共领袖们在延安“整风运动”期间，将《甲申三百年祭》一文指定为“整风运动”的学习文件之一，其文章的价值无疑在很大程度上被“放大”了。

基于如上种种，在我看来，《甲申三百年祭》当真实不如名。

（2010-11-19）

天灾源于人祸

今年的天气特坏，忽晴忽雨，比小孩的脸变得还快。夏至已过，而雨水依旧泛滥，丝毫没有消停的意思。南方的湖南、福建、江西、广西、广东等多省（区）已暴发洪涝灾害，给广大人民群众的生命财产造成了巨大的损失。今日关注新闻获悉，粤东地区暴雨肆虐，揭阳市惠来县大发洪水，多个村庄被淹，村民被困，损失惨重。

灾害面前引思量。20世纪以来，全球气候变暖，天气益加反常，世界各地地震、火山爆发、海啸不断就是最好的明证。远的不说，单是今年广东的天气状况，就十分让人沮丧。春节以来，先是冬春之际的高温炙烤，紧接着进入夏天雨水持续不断。最让人闹心的是，经常一天当中往往早晨阳光灿烂，中午瞬间大雨倾盆，午后一时阴云弥漫，傍晚又小雨淅沥。老天的善变和喜怒无常，直教人云里雾里，无所适从！我不知道，那些从世界各地来粤的异乡人对广东的天气诡异多变适应与否，反正我这个土生土长的广东人是深恶痛绝的。广东多年以来一个非典型的特征就是四季模糊，如今天气的变幻周期更以天为单位，人们生活的乐趣黯然消逝，春夏秋冬的情趣索然无味。

天要下雨，娘要嫁人，这是不以个人意志为转移的；而天灾的降临，当是老天爷的天威所在。全球性的地震、火山爆发、海啸、干旱和洪水在各地持续不断，频繁上演，想必不是老天爷主观意识上的脾气变坏。老天爷长久以来都是讲求恩怨分明、因果报应的。处在令老天爷和大自然频频恼怒的历史现在进行时，人们有关贪婪、索取的自我检讨显然远远不够，在对自身行为一边有所察觉又一边变本加厉地激怒自然和天道，于是天灾的“为祸”人间成为必然和常态。

今天的人们，比任何时候似乎更容易“好了伤疤忘了疼”。不久前的青海玉树地震过去了，人们淡忘了；如今的南方洪灾来了，人们当下又冠冕堂皇地高喊“抗洪救灾”。我忧戚的是：待洪水退了，人们还记得什么？会记得什么？淡忘，必将又是人们的集体失忆。

作为广东人，洪灾面前，我为惠来县的父老乡亲们难过并祝福；同样作为广东人，我为生活在广东无法感受到“一年的四季分明”而觉得窝火和揪心。我从来不否认广东人民的富有，物质生活充满优越感和自豪感。然而，工业文明粉饰下的南粤大地，人们的幸福指数事实上何其苍白和空洞！

世界的呼吸你我同心相应，芸芸众生中我们都是平等的一分子。为了身边的你我他，为了生活的家园，为了下一代，我们还有什么理由不珍爱地球和自然？善良的人们务必谨记：人祸不是天灾，天灾源于人祸！

（2010–06–26）

疫苗也假

这年头，什么都有假，什么都没法信！

吃的，有地沟油、毒盐、毒米、毒米粉、毒米线、毒臭豆腐、毒腐竹、毒蜂蜜、毒油条、毒鸡蛋、毒豇豆、毒豆芽、毒木耳、毒瓜子、毒海鲜，以及掺有抗生素、四环素、土霉素、庆大霉素、甲醛、双氧水、敌敌畏、福尔马林的转基因食品……

喝的，有黑水、毒酒、三聚氰胺奶粉、敌敌畏可乐……

穿的，不论是名牌还是地摊货，都有假冒伪劣！

用的，说得上名字的，都有水货和假货！举个粗俗的例子，就连拉完要用的厕纸，也有毒纸巾！

以前人们说："真的假不了，假的真不了。"在当下的中国，这句话已经光荣地下岗，取而代之的是：什么都能假，假而乱真！

如果说，这些都是当今社会转型时期、工业社会初级阶段，物欲横流的社会大背景下一味追求利益的非法举动，人们在对不法分子的唯利是图痛恨之余，只能在"眼不见为净"的阿Q精神疗法下，全民式麻木不仁地被动应对而已；而疫苗也有假，就真真是一个国家和民族的终极悲哀！

疫苗是什么？通俗的解释是指为了预防、控制传染病的发生、流行，用于人体预防接种的疫苗类预防性生物制品。疫苗的接种实施，某种程度上说是一种国家行为。非专业的理解，疫苗的适用人群主要是少年儿童（包括婴幼儿），是少儿生命安全最基本的保障物品。

众所周知，少年儿童是国家的未来和希望。我们无法想象和理解，攸关国家的未来和希望的最基本的保障药物居然有假！疫苗造假的利益链条、操作手法，以及卑微、猥琐和可耻的逐利心态，同样让人触目惊心，连锁的反应足以造成惊心动魄的灾难性后果。

特别让人感到失望乃至绝望的是，当地政府在诸如"山西疫苗事件"的利害关系关头，依然谎话连篇、推诿扯皮、欲盖弥彰，在血淋淋的事实面前仍旧闪烁其词，顾左右而言他！这样的政府，其道德、良知、职能与作为从何谈起？如何给被管制的亿万子民以起码的信心和希望的底线？

如果说，万物（品）造假，尚可理解为逐利之举，仍情有可原；而疫苗之假，是丧义之道，义道两失，乃罪恶滔天，恕无可恕！

（2010–04–18）

“局长”只是副科级

最近，山东省新泰市（县级市）新提拔6名副局长，1名法院副院长，这7人中，有6名是20世纪80年代出生，最年轻的只有23岁。“80后从此集体登上政坛”成为众多网友议论的焦点。

“凭啥1986年的就当副局长了？最多才大学毕业一年吧，啥工作经验没有就从科员到副局长了？”“这是80后集体当局级干部！”网络上网民的汹汹民意似乎有愈演愈烈之势，大有不把事情弄个水落石出誓不罢休的架势。在无数热心网民的“努力”下，引爆出诸如“山东23岁最漂亮副局长是当地市委组织部副部长准儿媳”“在公示遇到网友质疑和媒体采访时，当地组织部门在第一次回应时表示‘不好说’”“当地在新闻舆论监督启动后，又将原本在政府网站上公示的信息撤掉”等猛料！更有甚者，如新华社记者的提问：“一些网民认为，一般副局长应该从科长中提拔，从副科长到副局长已经是越级提拔了。这些年轻人很多连副科长也不是，今后能否承担起岗位重担？”诸如此类，不一而足，简直让人啼笑皆非！

对网友们“人肉搜索”的功力，我自然十分佩服；对记者同行们的“新闻良知”，我更是一直充满敬畏。而对一些网友和记者同行们的常识匮乏、逻辑混乱，我在不敢恭维的同时，又为他们感到好笑和悲悯。关心家事国事天下事的精神固然可嘉，但头脑应该清醒，是非应该明辨，思维应该理性。如前文中网友的不满：“凭啥就从科员到副局长”“这是80后集体当局级干部”——如上表述都是常识的匮乏。

按照我国现行行政体系，县级就是正处级，新泰市是县级市，同样是正处级；该市的建设局、规划局、国有资产管理局均属正科级。事件中的公示人员均为以上诸单位的副职、“副局座”，依据行政配属则应为副科级。据此，剔除提拔公示本身的合法性与否不说，“从科员到副局长（副科长）”，这是正常的行政提拔！而“集体当局级干部”的提法，更是对常识的谬解。通常所谓

“局级干部”又称“厅局级干部”，是“厅级干部”的范畴，是处级干部的顶头上司！新泰市不过正处级而已，公示中的“副局长们”，又何来“当局级干部”一说？

从来网络江湖似是而非、真真假假。芸芸网友鱼龙混杂、素质参差不齐倒也罢了，而新华社记者“一般副局长应该从科长中提拔，从副科长到副局长已经是越级提拔了”的说辞，如此思维混乱、意识颠倒、口齿不清、张冠李戴，实在让人不可思议，着实让新闻同行蒙羞！

（2010-02-23）

圣火还传递了什么？

激情传圣火，沸腾惠州城。

5月9日，奥运圣火在有千年历史的古城——广东惠州激情点燃，208名火炬手圆满完成了30.78公里的火炬传递。近百万市民倾城出动涌上街头，全市各级各部门总动员，惠州沸腾了！

早上8：00，第一棒火炬手、来自广东省体育运动学校的陈秀君接过当天点燃的第一支火炬。火炬从惠州市体育馆前广场出发，途经东江大桥、东江沙公园、合江楼、文笔塔、朝京门、平湖门、圆通桥、南湖路、麦地路、花边岭广场至惠州学院，完成了第一起跑点的传递。第二起跑点由世纪联华广场起跑，途经南线立交、鹅岭南路、大岭路、红花湖、西湖北门、慈云亭、惠州大桥、文昌二路、三新北路、文明一路，至此返回第一棒火炬起跑点，也是火炬传递终点和庆祝活动点——市体育馆前广场。

下午3：10，最后一名火炬手、中国象棋国际特级大师吕钦在惠州火炬传递终点站主会场主席台点燃了圣火盘，现场数万市民一片欢腾！激动、亢奋的欢呼声在城市上空弥漫、激荡！

奥运圣火点燃了惠州百姓的激情，魅力鹅城到处花如海，歌如潮。惠州站的奥运圣火传递业已结束，我的心情却久久不能平静。包括惠州人民在内的中华儿女对奥运的期待、热情、激情乃至虔诚，透过在世界各地每一站的火炬传递，便已经淋漓尽致地彰显！是啊，圣火还传递了什么？与其说今日中国人对奥运无限欢迎，还不如说是中国人对国家荣誉感和民族自豪感的一种张扬；与其说今日中国人对奥运无比热情，还不如说是中国人强烈爱国主义和巨大民族凝聚力的一种释放。

“从来没有像今天那样强烈地感觉，中国人其实是如此爱国！”——这句平实的话，就是我要说的全部话。

（2008–05–09）

世界杯与我无关

四年一度的世界杯又上演了，精彩与否，激烈如何，妄下定论为时尚早。从东道主南非对阵墨西哥1∶1逼平的揭幕战来看，本届世界杯充满“悬念”的烟幕已然徐徐拉开！

赛事在转播，“球迷”呐喊声尖。面对如此体坛盛事，欢呼雀跃的“球迷”何止千万。盛事就在身边，而我俨然置身事外，我或许该为自己的无动于衷感到遗憾。很抱歉，首先，因为我不懂足球，所以我不喜欢足球。其次，我的狂热与运动无关，我当然不是宅男，我经常迸发的豪气干云一定与海阔天空的高谈阔论有必然或偶然的联系。我也不是书生，但我似乎有点柔弱，充满荷尔蒙味道的足球竞技，从来与我一点都不沾边！

无法拒绝和以个人意志为转移的是，不管谁谁谁喜欢不喜欢、愿意不愿意、高兴不高兴、亢奋不亢奋、狂热不狂热，世界杯的盛宴已经呈上，它给了世界各地无数“球迷”以狂欢的理由和宣泄的载体。

本届世界杯之前，我长时间地忽略了什么叫“迷”，想必就是神魂有些颠倒，表情不定时定格为麻木与夸张！据此，对什么是“球迷”，应该再不难理解。至于如何可称为真正的“球迷”，有一定道行和境界的“球迷”，不好说，也说不好，因此便不好下结论。而够格冠之以“球迷”的，当然也还有一些非典型的特征：如观看球赛进行时，因为球员不激动，他自己激动，一个晚上骂骂咧咧可以干掉一箱啤酒的；为了看球，可以连续半个月拒绝与热恋中的女朋友一起逛街购物和共进烛光晚餐的；可以通宵看球、白昼睡觉，日夜乾坤倒转的；可以为了看球三天吃方便面、七天不洗澡、十天不修边幅的；可以为了看球请假半月不成，怒而炒老板鱿鱼的；可以为了看球过瘾而专门到国美出血新买一台46寸彩电的；可以为了看球不被骚扰而半个月在酒店解决吃喝拉撒的；可以为了看球，把内裤和袜子一个星期后全部用光光的……

“球迷”者，但凡有诸如此类的行为举止，依我看即便算不上“铁杆”，应当也算是对“爱球”诚意有加了。坦诚地说，对这样的“球迷”同胞，我是佩服的，虽不至于五体投地，也是充满敬意的！

然而，佩服与敬意是一码事，肯定与否又是另一码事。对“球迷”者我敬意有加，但我并不认同。对20多个大男人追着一个橡皮球颠来倒去、气喘吁吁地折腾，我不但丝毫提不起兴趣，在心情不爽的时候甚至会充满厌恶。说句不怕得罪“球迷”们的话，对足球运动本身，我便鲜有好感！因此，要我对为了看球而神经质般痴迷狂醉的失常举止充满宽容和大唱赞歌，那是万不可能办到的！

我想，以我对世界杯的立场和理解，可能多少会让一些人感到不爽，不过也仅就让人不爽而已。因为，我的冷淡和“无知”并不至于也不可能浇灭亿万大众与“球迷”们的狂热。可不是？

南非世界杯，盛宴已经上桌，他们已在享用；而我，冷眼旁观，站在远处。

（2010-06-12）

是上帝让朝鲜国足惨败

2010南非世界杯足球赛G组第二轮比赛中，葡萄牙队以7：0击败朝鲜队。朝鲜队的大比分失利创造了本届世界杯开赛以来的最悬殊比分。朝鲜队未能复制首场比赛对巴西队的神勇，提前从“死亡之组”出局，成为本届世界杯赛上第二个提前被淘汰的球队。

我们不得不承认：在绿茵场上，实力是首当其冲的一个重要因素；另一个因素是充满太多不可知的偶然性，这也被定性为足球的魅力之所在。7：0的比分之于葡萄牙队和朝鲜队，这个并非完全居于实力因素而诞生的分差，似乎多少有些调侃的味道。比赛的过程一如一个超级富豪和一个卑微民工的一场聚餐，席间各自的举止行为落差分明：富豪大快朵颐、悠然自我，民工食不甘味、如鲠在喉。这种心理活动的起伏，随着场上比分进入2：0之后分外明显，接下来比分差距的不断拉大似乎顺理成章。场上形势的急转直下，两队阵容的各自境况遭遇冰火两重天，一边是摧枯拉朽，一边是兵败如山倒；一边是顺风顺水，上演进球表演秀，一边是斗志瓦解，防线崩溃。

上帝真是经常偏心的。客观地说，下半场最后几分钟葡萄牙队的两个进球，几乎就是“上帝馈赠的礼物”，与两队的实力毫无关系。我们同样不得不感叹：太多的时候，上帝同样喜欢锦上添花，而不肯雪中送炭。

但我始终认为，朝鲜队败了，虽败犹荣。朝鲜队队员的信念、毅力、斗志、血性和尊严，是值得我们肯定和尊重的，尤其值得中国足球运动员们学习和仰视！朝鲜队的两场输球与最终出局，首先应归结于他们先有遭遇“死亡之组”的悲壮，后有连续对阵两个最强对手的霉运。他们输了，既有实力的原因，也有运气的因素，还有偶然性的捉弄！这一届世界杯，对朝鲜队而言，无疑是伤情的；而伤情的背后，他们是不落寞的，因为在全世界的无数部电视机旁有无数像我一样的看球人始终在支持和祝福他们！

（2010-06-22）

收到《传媒》样刊

今日终于收到《传媒》杂志社寄来的2009年第11期样刊，迫不及待地翻看自己作品的处理情况。

此前，我曾很天真而自恋地设想过《传媒》杂志社的大编们将会对自己这篇论文的若干种处理手法。换言之，对于大编们不留情的“大刀阔斧”和“削枝砍叶”，我是有心理准备的。然而，待真正看到样刊中对作品的处置情况，我还是有些失落和无奈，真有一种“从峰顶一下子坠到谷底”的感觉，心里凉飕飕的，沮丧至极。

我原文的标题是《创意和深度是特刊的生命线——浅析特刊策划和执行的几个误区》，全文篇幅4500余字，分为“误区1：特刊‘不特’无所谓”“误区2：以出版频率取胜”“误区3：纯粹居于广告经营”“误区4：广告来者不拒”和“误区5：由广告部门牵头”五个板块。应该说，全文的思路和条理是比较合理、清晰的。

文章被安排在《理论探索》栏目发表，一页纸的版面篇幅。对《传媒》杂志社的处理手法，自己是持保留意见的。首先，篇幅只剩下1600字左右，用我的理解是“基本上只留下躯干，血和肉都灰飞烟灭了”。其次，文章结构做了调整，由自己原文的五部分剪裁成四部分，分别为：“创新理念，张扬生命力”“控制频率，提前介入”“控制有偿新闻”以及“以采编部门为中心”，原文与此两相比较，这样的处理多少给人感觉有些“拉郎配”的味道，在逻辑和条理上多少显得有些牵强。再者，文章的处理过于粗糙，删减的痕迹过于明显。如第二个小标“控制频率，提前介入”的部分，所有文字根本就没有关于“提前介入”的内容。这种疏忽，与国家级核心期刊的要求与水准不相匹配，至少不够严谨和负责。最后，主标题“特刊办出特色，抢占营销先机”的制作，与全文的核心有些游离，显得有些“剑走偏锋”的意味。

所谓“牢骚太盛防肠断，风物长宜放眼量”。不足和遗憾之外，悲愤和求全责备都是于事无补的，也不应当。从积极的心态看，能与来自全国各地的社长、总编同台比擂，这本身就是幸运的，而能在国家级的核心期刊一露头角，这也是值得自我期许的。

终归要感谢北京《传媒》杂志社的大编们！

（2009-11-25）

每天上网与为官自律

在我们特定的国情语境下，以往人们见面开口便问：“您吃了吗？”如今，惠州的网友见面经常会问：“您说了吗？”网友的“说了吗”何所指？即在今日惠州网“向书记说说心里话”论坛发帖了没有。这或许从一个小的侧面，反映出这个论坛的热度以及其在网友心目中的分量。

2013年刚刚离我们远去，在辞旧迎新前夕，市委书记、市人大常委会主任陈奕威做客今日惠州网“惠民在线”论坛，就“惠州梦”“向书记说说心里话”“环大亚湾新区”“PM2.5”“基本公共服务均等化”“行政审批”“水上巴士”“社会治安”“义务教育”“食品安全”“河涌整治”“垃圾处理”“用气安全”和“城市管理”等话题与广大网友进行深度互动，在网民中产生巨大共鸣，引来“书记真的很有亲和力”“威哥真的很给力”等叫好无数。

奕威书记在上线时有这样一段表述：“上‘惠民在线’是了解民情、倾听民意、集中民智的好渠道，但是一年一次不解渴。这就是我今年5月1日要在今日惠州网开通‘向书记说说心里话’的原因。我不管工作到多晚，每天必须上网回应群众的诉求。”如果说，通过上网了解民情、倾听民意、集中民智，这折射的是地方党政领导明智的工作内容与方法，而“不管工作到多晚，每天必须上网回应群众的诉求”，这体现的则是为官高尚的操守与雷厉风行的做派！

操守高尚者为何？“不管工作到多晚，每天必须上网”。人们常说，做好事不难，难在于每天做好事。如此日复一日、持之以恒、从不懈怠，在当下这个浮躁喧嚣的社会，这种严苛的为官自律与坚忍的行事韧劲，本身便不得不让人心生敬意。雷厉风行做派何在？“回应群众的诉求”是也。上网干吗？为解民情、听民意、集民智，零距离地与网友互动！了解最真实的民情民意，倾听基层原汁原味的声音，从而为具体工作的开展吸纳民间的智慧，为具体决策提供有益的参考，这样接地气、连民心，使任何中间环节的弄虚作假、欺上瞒下没有了市场，广大的市民与网友，如何能不欢欣雀跃？

上今日惠州网“惠民在线”一年一次不解渴，开通“向书记说说心里话”论坛随时等着您！这样的姿态与做派，心中装着百姓，工作开展紧密联系群众，这就是为官一任，造福一方，这就是全心全意为人民服务！在“向书记说说心里话”这个论坛，网友随时随地可以灌水、拍砖、打铁，书记以版主身份问苦于民、问需于民、问计于民、问智于民，事实上拓宽的不仅是民间的言路，也极大程度上鼓励了市民参政议政的热情，同时进一步升华了惠州“由民做主”的施政理念，充分地诠释了执政为民的根本要求，为诠释惠州“民共建、民共富、民共享、民共乐、民共治”的施政思维注入了一剂强心针。

新年伊始，沐浴着2014年的曙光，我们有理由相信，在“尽快进入珠三角第二梯队”的目标指引与全市人民追逐“惠州梦”的感召下，进一步整合优化惠州网络问政平台的资源与优势，必将更大程度上服务于惠州社会经济发展的大局，必将更大程度上畅通官民互动的渠道，必将更加有力地提升“幸福惠州”市民的幸福指数！

（2014-01-02）

【第二辑】仗剑少年我独行

待人接物是一门重要的学问。所谓『做人难、难做人、人难做』，就是说与人交往、与人相处的复杂性和高深的应对艺术。『不说硬话，不做软事；坚守着原则，灵活地应对，既保持了立场，又在奸险的人际中游刃有余，此为处世的实用哲学。』

自画像

张元基，又名张子才，号墨白，男，乃于20世纪80年代初面世，纯正国产，净高168厘米，去壳净重63千克，采用人工抚养，各部零件齐全，效率偏高，运转稳定，属党、国家和人民信得过产品。

自幼好学，尤迷“武侠”，尝敬拜江湖豪雄，一腔热血，疾恶如仇；缘体弱加懒动，空负一身侠气而无侠力，终难能成侠之大者，引为平生至大憾事。读书识字，年方十二便思想萌生，赖性格之生成，未成年所受《月唐演义》一书“毒害”匪浅。

今位卑志大，未敢忘忧国复忧民；承蒙孔孟老庄之教化，叛逆有加，特立独行；人心不复古，尝不以今人今事为然；尤崇尚清静无为，梦寐返璞归真，而难有同道，顾自忧怜。偶尔喟叹怀才不遇，生不逢时，乃以“少年早慧，大器晚成”自我聊慰也。

平素不善交往，挚友无多，知己寥寥，不出三五；自认与人为善，不敢害人，怜悯胜于作恶，故至今功德有限，恶名亦未有；对人对事难得圆滑，出口出手皆谓快意恩仇。

出身于寒门，虽清风两袖而常怀忧患之心，未敢奢论爱国，着实痴迷吾中华五千载文明；博览古今中外人与事，唯“外人”“外事”十分憎恶。

闲时甚喜舞文弄墨，惜哉功力尚浅，难有佳作珍品，虽喝彩者寡，仍乐此不疲，并常做自我陶醉状。

身居体制之内，为公仆，忠、智、仁、勇、忍、恕一般；而今人前驱驰，实为党国、人民效力。身在家园、江湖，为人子、为大丈夫，孝、悌、信、义、礼、节亦平平，唯勤勉、好学、慷慨不敢懈怠。

丁亥年是岁二十又七，仍学无所成。盖因喜文厌理，高小未毕即露“偏科”端倪；七年级至大学毕业，外语未有及格，能获文凭，实乃“坑蒙拐骗”无所不用其极。

今家中祖父母俱康健，加双亲益壮，实为大幸；兄妹四人，同心同德，两弟一妹，人中龙凤，均较吾出众，堪为欣慰。

现居南粤惠州，正当华年，仍未婚娶，尚无子嗣；逐渐沉淀，立业成家，推为当前首务。

笔拙口钝，能歌之颂之者概莫如此，权当自画之肖像罢。

（2007-12-12）

书和老婆不借

好久没有认真读一本书了。书债是最沉重的债务，也是最让我深感懊恼和后怕的事。职业的危机感告诉自己：一天不学习，都是一种无知的放纵，堕落而不可饶恕。

我爱看书，阶段性地如痴如醉；我厌恶囫囵吞枣、一目十行、不求甚解的阅读，精读是我一贯的阅读态度。因为精读，我对好书有一种近乎虔诚的珍爱，很多时候爱书甚于读书。好书之于我，更多时候是居于一种收藏，家中三个书柜码放着满满的书籍，决然不是附庸风雅的产物，而是我多年搜罗的心血。

我并不敢妄言是爱书之辈，打小我就爱藏书，念中学之前就用零花钱买了四五十套武侠小说和数十本连环画，俨然一个分类的小图书室。工作后，每到一地基本不落下光顾当地的书店，或多或少，或新或旧总会带回几本。近几年不定期也会在网上淘些回来，只是这种快递上门的服务总让我感觉少了在书海中淘书的乐趣和不经意发现一本好书的惊喜与快感。

阅历渐多而藏书渐丰，有两样东西我是不借的：一是书，另一是老婆。每个人都有自己的原则，我想这个“两不借”就是我的原则之一吧！

我当然是慷慨的人。金钱、美女、乐事乃至权利，我乐于分享，诚所谓：独乐乐不如众乐乐，集体的狂欢当然胜于个体的偷乐。慷慨自然不吝啬的，之于我——除了藏书和老婆。

（2010-09-26）

似怪非怪

我想我应该是个怪人。

我经常自我标榜："我不按常规出牌，但我遵守游戏规则。"我不知道这个逻辑会不会让人觉得矛盾，而我从来我行我素，自我感觉良好。我也一直不以为"怪人"就不好，相反，在我的理解里，性情怪一些，也是个人的标签之一，有个性的表现方式之一。老毛说，人是要有一点精神的。我说，一个人，是要有一点个性的。人若没有一点自我的特色，在芸芸数十亿的众生中，就不仅渺小，而且简直没有存在的意义。对此，我还不认为是一种极端！如果一定要说是极端，极端无罪，非极端无以成大事！

怪人，当然有怪举。我的怪举，经常有，且非常多。

比如写字，我一般不用铅笔，圆珠笔也用得较少，大多时候用钢笔；可以选择的时候，我更喜欢用毛笔。在今天信息化时代的大背景下，在无纸办公的大趋势中，我在科技面前复古式地"背道而驰"，难免经常招致"异端"的指责！

又如看书，我大学毕业之后就基本不看外国的书（大学之前如有阅读，纯属被动）。我的阅读范围其实很窄，基本锁定在历史类书籍的范畴。我始终认为，每个人在巍巍中华浩如烟海的典籍和书本面前，短短的人生百年若能完成"小学毕业"便已经是难能可贵和十分高不可攀，设若还恬不知耻地自命天文地理哲学社科均有涉猎，实在就是可笑和痴妄！

再如饮食，我每顿必须有肉。对于素食主义者的臭骂、寒心或鄙夷，我会十分不屑！凭什么呢？我觉得，人生快意无非"大声说话、大碗喝酒、大口吃肉、大声骂娘"，而碍于我生来斯文，大声说话已经不能；因肠胃功能远不够强大，又被剥夺大碗喝酒的权利；加上先前念过几年书，脸皮又薄，大声骂娘实在开不了口；只剩下"吃肉"之利，设若还须放弃，当真生来何欢？口腹之欲犹同食色性也，故对此绝无妥协！

还如交友，我分外挑剔。友朋不在多，有二三知己足矣。我从来信奉"近朱者赤，近墨者黑”“物以类聚，人以群分”。“有教无类”的教化，绝对是鬼话，至少可以肯定是屁话！平时与人交往，与人为善，不敢害人，怜悯多于作恶，庆幸良朋尚有数个。

身为新闻从业人员，日复一日、年复一年地风里来、雨里去地奔走而长期不去考驾照并购车，我有我的思维方式：有车一族是高尚人士，我不是高尚人士，无须急着考照并买车。如今在城里工作，生活越来越感觉无车不便，近来终是购买2010版北京现代悦动豪华版，未料招来亲朋好友一顿嬉笑怒骂：“真是神经搭错线，不会开车倒先买车？”对此我的理由是：学会了车而没有车，学来何必？买了车，自然便会去学。

每个人都有一个圈子，人前人后终有是非。我的是非不少，想必性情之故所致；好与不好，众说纷纭；而怪与不怪，亦难一口评判。还好，身边的亲朋好友对于我的打分，至少及格，或许不高，61分就好！

（2010-06-11）

极端

从一个极端往往走向另一个极端；极端的反义词还是极端。当发现自己处在一个极端的状态中并提醒自己不要极端的时候，就变成了特别不极端。而这种特别不极端，又是另一种极端。于是，身边的人都对我说：“你很极端。”还极不友善地奉送一个“热血青年”的雅号，语气中充满无限的冷嘲热讽。

什么是极端？白起“长平大战杀降40万”，应是极端；刘彻“罢黜百家，独尊儒术”，应是极端；曹操“宁愿我负天下人，不让天下人负我”，应是极端；于谦“粉身碎骨浑不怕，要留清白在人间”，应是极端；蒋中正“宁可错杀一千，不使一人漏网”，还是极端；张某人“不随大流，坚持己见”，也是极端。

极端居然还有级别、分程度的。白起、刘彻、曹操、于谦、蒋中正的极端，是大极端；我的极端，是小极端。大极端要么流芳千古，要么遗臭万年；小极端无伤大雅，不关痛痒。如此看来，大极端要慎重，小极端量无妨。

《唐伯虎点秋香》中唐伯虎说：“别人笑我太疯癫，我笑他人看不穿。”老唐是大才子，有才情；不恭是他的逻辑，清高是他的风格，自负是他的标签。唐兄弟的我行我素，我还真是欣赏。而如此欣赏不一定是对的，但一定不能说就是错的；在我的极端中，也有这种狡辩式的中庸。

极端自然是相对于中庸而言。极端是楚河汉界、泾渭分明，有如小葱拌豆腐，清清白白；中庸是温和派、和事佬、和稀泥，可能是一脚踏两船，可能是雾里看花，可能会左右摇摆，可能会似是而非。

中庸之道虚伪，极端之举痛快；我憎恶虚伪，我崇尚痛快。如果真我的风采，定当难能的可贵。圆滑不对，极端有理，这是我的逻辑哲学。

（2009-11-10）

从容

从容是广袤的威严，泰山崩于前而色不改；从容是心底无私天地宽的淡定；从容是笑看风云指点江山的自信……

范仲淹的“不以物喜，不以己悲”，当是一种从容；于谦吟唱“粉骨碎身浑不怕，要留清白在人间”，亦是一种从容；而袁崇焕笑对“欲知肺腑同生死，何用安危问去留”，同样是一种从容。

从容是一种品质，是一种修为。生活的阅历是从容生长的养分，磨难的眷顾是从容含笑的芬芳。井冈山下，敌军千万，却唯有毛润之敢在弥漫硝烟中谈笑自若，并留下傲人词章：“敌军围困万千重，我自岿然不动。”海阔的胸襟与豪迈的情怀一并凝于笔端，跃然纸上。

从容是一种姿态，是一种气质。也许，姿态并不意味着矫情，而是另一种方式的底气；气质也并非着意的粉饰，而是另一种方式的涵养。

从容是一种精神，是一种胆气。空城退敌，阳平关外说不尽的是诸葛“瑶琴三尺胜雄师”的急智；一生尽瘁，后人道不完的是孔明“出师未捷身先死”的英雄落寞。

从容是一种人生修养，是一种生活态度。“策杖只因图雪耻，横戈原不为封侯”是袁督师的耿耿忠心；而“不做卿相不还家”是吴起的人生理想。正是因为有了忠直的信仰和偏执的人生哲学，才使得日后吟唱“韩侯夙所志，功利岂止百”与“将军百战身名裂”时分外的悲凉。

从容是月下枯叶的轻飘，淡然；从容是冰下火山的沉默，稳重；从容是荒原陨石的湮灭，宽容；从容是旷野红鬃的驰骋，烈火。

大度人生，我辈从容，何其壮哉！

（2009-02-26）

未知

如果有人问：什么最可怕？想必很多人会回答是“死亡”。在我理解，人世间最可怕的是“未知”。死亡，一瞬间的事；未知，无穷尽的理。

人之所以恐惧死亡，是居于对死亡充满未知。又如人们对黑暗的恐惧，是相对于光明的了然于胸；又如人们对蛇的恐惧，是对其不友善的陌生；再如对前途的忧戚和恐慌，同样是因为未来的不可捉摸和难以把握。

每个人其实都有一个宿命，不管个人愿意承认与否。之所以每个人各执一词，见解莫衷一是，是因为对自然与生命理解的偏差；从容与焦灼的心境，是有些人看得豁达、感悟得透彻一些，有些人自欺欺人、自以为是而已。

承认宿命，需要磨砺、勇气、客观和自信，尤其需要智慧。人们对宿命的膜拜，正是对宿命神秘的敬畏。而敬畏之心，缘于对未知的迷惑。一个人设若事先预知了自己的宿命，对前途还有何征伐的激情可言？每一个个体对幸福的憧憬，对功成名就的向往，对前程的打拼，对事业、霸业乃至王业孜孜以求的刻苦与用功，其无形的动力和不竭的源泉，正是对无法预知的明天的挑战和突破，这种挑战和突破，便是人们自觉和不自觉对未知的礼敬。

未知实在鬼神莫测。未知是一个谜，吸引人们去揭开；未知是一团火，温暖人们的激情创造；未知是一个魔方，迷乱人们清醒的心性；未知是一头神兽，鼓舞人们探索的斗志；未知是一种恩赐，激励人们前行的动力。

从辩证的角度看，相对于可怕的是可亲；可亲简单，可怕不易，未知不易；不易者难，难者精彩，这便是未知的无穷魅力！

（2008-12-05）

大度

大度一定是一种优良的品质。大度首先应是一种涵养，是对人生的一种膜拜！

有时常为一些小事而动肝火，一副小肚鸡肠的样子，静静思量，这是一种欠缺修养的表现，往深里探究，这实在是一种懦弱。每每临事之时，缺乏一份从容，不够冷静沉着，不能忍耐克制，少有淡然洒脱，弹跳出轻薄而显得浮躁。如上所说，都是一些意气之争，与品性无关，是性情的缺陷，究其渊源，狭隘之故。如此反面看来，举重若轻实在是一种难得的境界！

与小事对应的是大事。何为大事？大事即大是，大是大非之大是。何为大是？大是者，上至国家利益、民族情感、兼爱非攻，小至宗室大义，亲情、友情、爱情之弥坚。

遥想那“吕端大事不糊涂”，便应是一门高深的学问。大是大非面前，头脑必须保持清醒，心胸务必愈加开阔，原则无改，立场更加坚定，一意向前看，明天更美好！

万法自然，生命有爱。不拒绝溪流，海纳百川，不计较得失，虚怀若谷；正直而豁达、忠贞而坚韧、平和而睿智、博学而谦逊、洒脱而自省、风流而自守、淡泊而进取、浊世而警醒，以自由独立之精神，蓄养身心之舒泰，滚滚红尘中追逐操持之有道，全心大度行天下……非如此，何能体现吾辈人生之价值？

（2008-05-03）

自恋

一般人看来，“自恋”应该不是好词，自恋者也不是什么好鸟，因为都不是什么好事，自然也便不怎么受人欢迎。

而我从不这样认为。首先，我一直自我感觉良好，自我的品行、处事、为人、见识等，我自恋得紧。其次，我认为自恋即便不是很好，至少也是不错、还好：自恋比自卑要强大，自恋比自大要识趣，自恋比自豪要内敛，自恋比自强要含蓄，自恋比自负要清醒，自恋比自立要低调，自恋比自尊要轻松，自恋比自省要容易，自恋比自信要便宜。再者，自恋的人，如果不是极端的白痴傻帽或夜郎自大，至少都有那么一点点本事和情趣，绝不会白开水般寡淡无味和味同嚼蜡般无趣。

自恋不等同于臭美。臭美决然不是好词，自恋有那么一点臭美的意味，但不完全是臭美。“猪八戒的妹妹说，我应该可以和杨贵妃一起选美吧”，这是臭美，而且完全不自知和不自量力。“黄晓明镜前自言：‘怎么会有这么帅的男人！’”虽然多少有些让人反感，不过也算是自恋得放肆和直白。人们都以为“俱往矣，数风流人物，还看今朝”是霸气和自信，殊不知，这是自信和自负的最高境界，是自恋的极致。

自恋不至于自伤。自恋相对来说是自信的，相对来说也是不自卑的。因为能自恋，基本上对自己是相对满意的，有那么一些自信的本钱，故此没有空闲去钻自卑的牛角尖。不难想见，自恋对于培养个人之自信，裨益甚多；对于克服个人之自卑，益处同样显而易见。而自恋适度，必不至自伤，对个人成长成才将是利大于弊。

自恋往往近于本真。人是情感复杂的动物，难得简简单单、平淡是真，经常不是被外界包裹了自己，就是自己蒙蔽了外界。而自恋呈现，必是洋洋自得、灵光不现、理智不存的真实自我展示，要么狰狞要么亲和，要么奸诈要么良善，要么自信爆棚刚愎自用要么礼贤下士从谏如流，自恋迸发的时刻卸下了个人平日的伪装，好坏善恶都那么真实自然。

自恋无妨。自恋不需同谋、不需党羽，不用商量、不用策划，随时随地、随心随意，恋得光明正大、恋得理直气壮、恋得张扬跋扈、恋得悱恻缠绵、恋得昏天黑地、恋得鬼哭狼嚎，终归还是自己的事，一不犯人，二不犯规，三不犯忌，四不犯法，干卿底事？

（2011-04-25）

坚持

“坚持”，道来简易，做来艰难！

坚持首先是一种美德。能持之以恒者，但凡深富涵养，不怨天、不尤人，百般浸淫、千般磨砺，用尽功夫，终成正果。

坚持无疑是一种意志。咬牙坚持，凭赖坚定信念支持；咬定青山不放松，任凭风吹雨打、际遇无情，而信念不改，意志不倒，何所畏惧？

坚持无疑是一种忍耐。莫道万苦千辛，历尽凄凉，遍览常人所不能者，无非韬晦；忍一时、忍一事、忍一物、忍一人，忍一切……坚忍至世间无穷，乃至天空海阔，故百忍便能成金！

坚持无疑是一种魄力。自古雄才好胆色，孱弱哪来逞英豪！为有牺牲多壮志，千秋功过总逍遥。汝看那大将军的胆、钢铁士兵的气，胆壮方能气盛，乃魂魄的战斗！而兵来将挡，水来土掩，故勇者无敌！

坚持无疑是一种韧性。滴水能穿石，疾风知劲草，虽遇百折而不挠，愈挫而愈勇；矢志不移、丹心铁血，故一息尚存、生命不息、抗争不止，乃强者之本色！

坚持无疑是一种财富。由无而有、由小而大、由弱而强、由衰而盛，循万法之自然；观一穷二白至璀璨辉煌，默默无闻变名满天下，甚至富可敌国亦赖于拼搏与累积！

坚持无疑是一种力量。剑锋所指、挥鞭迎击，心无旁骛自然所向披靡；而霸气有若大无畏，必能无坚不摧，攻无不克，无往而不胜！

坚持，就孕育着希望！坚持，就意味着胜利！再坚持，必定能成功！

诚哉斯言：坚持，原本便等同于美德、意志、忍耐、魄力、韧性、财富、力量、胜利和成功！

（2007-11-12）

际遇

凌晨浏览一故人博客。其博客文章大多谈的是他的工作、他的理念！言语中自然地流露出霸气、自信和得志！

这突然让我有感于人的“际遇”。际遇，人的精神状态最能淋漓尽致地将其表现。精神头如何，你的际遇便无所遁形！这位故人的际遇，无疑是超于身边绝大多数人，可谓“风华正茂日，正值春风得意时”！认识他的人都说，“这家伙一步登天”。这话虽说有些夸张，有些嫉妒，有些酸腐和狭隘，但也算得上“半个事实”——“80后”青年，而今便居“处级”干部之列！对此我的理解：羡慕不来，时运由天定！

我当然不会“吃不着葡萄说葡萄酸”，相反，我一直十分友善地对他表示衷心的祝福。我的失落在于，一同的起点、一样的职业、一样的领域、一样的平台（当然，跟了不一样的领导），700个日夜之后，各自的差距竟是如此之大！当人家已经在号令一个单位的“群雄”时，我只不过换了个平台，换了个岗位，依然还是“平凡一兵”！

羞愧！耻辱！我无法自圆其说来告慰自己！我不得不承认“落于人后”的事实！我为此抱怨际遇对我的不够眷顾！我笑骂天不怜我！我自叹怀才不遇、生不逢时！然而，自我解嘲当然于事无补！

一个激灵，我为自己“失落消沉的攀比”吓了一跳！人与人之间哪有可比性？天下人天下事，各有各的活法和景致，也各有各的精彩和无奈。比较，绝不能是痛击自己的意志和自信；有意识和下意识的比较当是为了更加清醒认识自己的不足与差距；认识的过程，是为了追逐前面的榜样，发现后面的追兵！

真我永恒！越挫越勇、永不言败、雄心勃勃、自信百年——当一如既往张扬骄我的旗帜！突然想起了一句我爱的话：我是我，晶晶亮！

（2007-11-21）

不做刺猬

刺猬，一种我通晓而不熟识的动物。刺猬给人们直观的印象就是满身的“刺”！对刺猬本身而言，那一身“刺”是它自我保护和向敌方发起攻击的利器；对敌手而言，这是令人生厌的天生的盔甲。事实上，刺猬之于人们的特别印象，正是居于它满身长刺的特别尊容，“刺猬、刺猬，刺之谓也”！

刺猬，肯定是不受欢迎的一种动物，不论是在动物界，还是在人类中间。这既因为它的生理结构的属性，天生不是帅哥或靓女，也缘于它对话外界的交流属性，动辄张扬全身利刺，毫无友善可言。

刺猬是动物，一种进化水准不高的动物；人，也是动物，一种经过了高级进化的动物。刺猬与人的不同，无非智商程度上的低级与高级的区别而已。刺猬面目可憎，很多很多的人有时也实在并不可爱。

看那一些得志的小人，一些伤天害理的家伙，一些昧着良心营生的混球，一些尖酸刻薄的臭虫们，动辄张牙舞爪，动辄猖狂作孽，动辄无耻勾当，动辄欺软怕硬，较之于面目可憎的刺猬，不知要可恶、可耻多少。

我要诚心奉劝的只是那些并不可爱的人们：不要心怀不轨，要实诚；不要得寸进尺，要知足；不要斤斤计较，要包容；不要弃善从恶，要笃信；不要同流合污，要自爱；不要怒发冲冠，要平和；不要轻佻放荡，要洁身；不要赶尽杀绝，要仁慈；不要逼人太甚，要宽厚；不要睚眦必报，要豁达；不要落井下石，要怜悯；不要求全责备，要博爱。

人生真的有很多“不要”；还有一个“不要”非常重要：不要做刺猬，神经过敏，满身带刺。

（2009-05-23）

学会感恩

他与她步入了婚姻的殿堂。

他们的故事，不见有琼瑶小说里的缠绵凄婉，亦未有金庸笔下的侠骨柔情。一对平凡的男女：公子他既没有亿万家财的显赫，没有玉树临风、风流倜傥而对女郎造成极大的杀伤力；小姐她亦不是羞花闭月、倾国倾城的红颜祸水。他们的故事，平淡无奇，难能可贵的是在世态炎凉、人情似纸的今天犹能固守那份爱的真纯与执着。

这世间的一切或许首先由爱铸就。禅者云：万物有爱，坐空一切，皆融于自然。世界因生命而美丽，生命因爱而缤纷。一份纯真的爱，于人生，应是何其足真。

善良的人们，他们的生命总是脆弱而多情。太多的时候，近乎麻木地在苛求永恒；一步之遥，苦苦挣扎了一世；活着，有时太难！生命里总应有爱；没有爱的人生肯定是残缺不完整的。生存范畴的某个意义，其实相当苛刻；很多时候的很多事，不是说不在意，而是别无选择，这是现实的残忍。

无须强求什么，顺其自然是最清醒明智的法则，如果注定真心换不到真意，那亦是天意；遥想人生最大的损失是错过。而祸福从来天定，际遇自己把握，人终归必须学会感恩。一朝月老牵线、红日做媒、牵手人生，这是前世的姻缘、今生的福分。

不奢求动人与美丽，他们的故事，今天依然只是开始！

（2009-06-07）

不爱雨天

我想我一定是个挑剔的人，甚至挑剔得有些苛刻。比如对雨天的认知，我绝大多数的评价是负面的。我不喜欢雨天，甚至有些讨厌。

别人说，浪漫的故事在雨天；我说，分手总是在雨天。我知道，相对于诗意浪漫的人，我是刻板而无趣的人。

别人说，春雨贵如油，滋润万物；我说，南国的春雨淅淅沥沥，潮湿了人的心情。我自知，相对于博爱乐观的人，我是敏感而又忧患的人。

别人说，雨过之后天空放晴，大地清新；我说，雨水恣肆飘洒，污浊泛滥叠溅，出门落脚无处。不否认，相对于积极洒脱的人，我多愁忧郁，心事浮躁……

我的确不喜欢雨天。“爱屋及乌”，对雨天的反感同时拖累了春天，我同样对春天不抱好感。尽管春天更新气象、万物复苏、繁花似锦，然而在我看来，春天潮湿遍地，氤氲无度而水汽笼罩，激情酥软而腻歪大行其道。

相较于春天无边无际的绵长湿润、夏天飞扬跋扈的难当酷热、冬天肃杀无情的刺骨萧条，我最喜欢秋高气爽的秋天，那遍地金黄、硕果累累、清风拂面、悠然收敛的秋天，让生命从容、人生丰满，步伐轻盈、表情自然，何等地惬意！

我不爱雨天，不是雨天的错；我喜欢秋天，是秋天惹的“祸”！

（2010-02-07）

源于平凡而超越平凡

生活并不纯情。

不能否认每个人都有自己的梦想与追求。出色的人们都对自己的目标充满信心，即使知道前路铺满了荆棘，横陈着波折与磨难。

设若一个人志向高远，抱负极大，由此一直内心里几近苛刻地强求自己要出色，并在相当时候的相当程度上，他亦达成所愿；只是，他不明白，那在表面看来出色的同时，不知是付出的欣慰，还是得到的可悲？他该拿什么印证自己今天所走过的路和所取得的成绩来抚慰年轻？若能一直自信坚强地走过来，以鲜明的个性时时处处真实地标榜着自我，那应该就是一种在当今世态中难能可贵的率真与朴实吧！

成长蜕壳的过程必定要付出代价，甚至极其惨重。一位哲人说过：活着就是一种幸运。我们不便对此予以否认。然而，是不是生命都是幸运的？那么，“生不如死”的生命体验是否是一种极端异化了的思维？一位诗人告诫我们：活着就有希望，人之所以恐惧死亡，就是因为死亡与希望并不牵手。

我们说伟大与不朽同样源于平凡。而伟大之所以伟大，是因为源于平凡而超越了平凡；而不朽则是因为不平凡而伟大，因伟大而伟大以至不朽。谁若妄言要让自己的生命伟大甚或不朽，那只不过是一种人力在没有时空可能性条件下的空谈。人们一再强调成功就要努力争取、脚踏实地，而世上有些东西就是强求不了的。太多的伟大与不朽是历史或时代风云的造就，人为之力只是微弱的一个方面。

对于宿命论，中国人有太多不同的看法。我们有些时候不得不屈服于时运或命运的造化与捉弄。“人算不如天算”至少让很多人不能一言否决。

活着就必须承受。每一天从现实开始，没有人能逃离。选择光明，就必须前行，路还必须自己走！

（2007-12-06）

很纯，很深刻

“很纯，很深刻”，脑海中突然迸出这几个字眼，我为自己的矫情吓了一跳。我对自己的古板素来自信十分，对“流行”真的很免疫，轻易不“追风”。较长时期的低迷不再之后，心情放飞，难得简约一回，感觉倍儿爽之余对自己的灵感自鸣得意一番，当然有些自我解嘲的味道——必须承认，这两年自己锐气的锐减。

一直以来，我的思考方式比较沉重：思想忧患，生活简单。志大而害怕才疏，平时并不十分努力，危机意识又颇强，而且喜欢争强斗狠，容易患得患失，因此，我并不是一个快乐的人。

“一日三省吾身”，我是善于自我检讨的。早已意识到患得患失和不快乐不好！只是，知易行难，尤其思想的“顽固”，犹甚于金石。性情的阴天，更难得见阳光。我即便刻意去放松自我的表情，心态的压抑却无法逃遁。心理状态的调和没有灵丹妙药，需要自我自然的释放，那就是心境回归平和。与世无争是需要很大气度的，抛开了尘俗的功利，要么不是正常人，要么已超脱于常人。显然，如今的自我何其贪恋浮华哦，人间的七情六欲我一样也无法放开！

人应该是拥有灵魂的，只不过区分于出窍和未出窍的而已。前者或许已经往生，后者更多是生命中的常态！我是多么渴求成长和成熟，这不是惺惺作态，对自我能力的提升和质地的升华，意识上我从不敢懈怠，我遗憾于自己的行动远不够有力！或许，每一种过程当中对行动的不打折扣，就是迈向辉煌最重要的砝码，一个人对心志坚定的训练远胜于其他方面的努力！

世事纷扰，不媚俗，不迷失，保持着真我，执着着信念，一往无前向着自己的目标挺进，这本身就是一种令人感动的力量。对智慧的礼赞，莫过于对坚持的迷信。世俗的污染尚算浅度，我一直单纯着自我，也复杂着自我，努力远离浅薄和简单，思想的光辉闪烁，应为深刻而深刻着！

（2008-06-26）

“赋闲”不闲

“赋闲”在家也有些时日了，日子无所谓空虚和充实，反正每天有事要忙，只是回头看看并无太多惊奇或特别值得纪念，过了就过了，似乎未留任何痕迹。

我并不认为自己很平凡。在我看来，平凡就等于平庸、无为。我无法原谅自己活得不精彩，不动人，不够惊天动地。至少，我是那样地有理想、有抱负、有斗志，并且那样地信念坚定、一往无前。我常自省：岂可如他人浑浑噩噩、庸庸碌碌？

我想我是清醒的，不然我怎能写出如此有觉悟的文字？然而，另一方面，我又在任何觉悟的时刻认为自己必须深深地忏悔。阿门！我是否言行不一？我是否在蹉跎宝贵的光阴中辜负着自己的理想与信念？每念及此，我的内心是何等地恐惧！我为什么会恐惧呢？

为了说服自己何以害怕，我为自己找到若干的理由，比如我还阅历尚浅，太过年轻，有太多年轻不可承受之重，一直蹒跚独行……我是如此之苦！可是，身边的人们却告诉我说，我不知足。而事实上，我很确信自己心境够平和、对事物认知够客观、面对生活够从容、在现实面前够自然、应对顺境与逆境够自如吗？我想，对此我的回答不可能十分干脆。

对于闲，我认为那当真是一种幸福和享受。能在一种积极豁达、乐观知命的心态下享受清闲，更应是一种人生的境界！而就当前，愁事如云，烦恼若麻，真实状态中，我哪有工夫闲着？我恐怕连清闲的心情都很难有!真是呜呼哀哉!

或许，这世上的万事万物就是如此相互联系并充满着矛盾。即便多少次潦倒落魄，仍身无一文，我依然清调高唱；在一次又一次的卷土重来中，本色不改，初衷不变，在属于自己的舞台表现出一个晶晶亮的真我!

世事难测，人生如棋，但我始终坚信：无法改变，闲罢仍向前!

（2008-08-04 ）

要做好人

坦率地讲，我并不确认自己是纯粹的唯物主义者。和不少中国人一样，我也信佛、信神，而且还比较诚心；我的逻辑和信条是：心中有神佛，为人行事不会太造次！

新中国成立以来，我同胞有宗教信仰的自由。信佛和信上帝，已然作为公民的自由和权利。我也一直较为问心无愧地享有和履行我的宗教信仰的自由和权利。

善恶有涯，佛法无边。肯定地讲，我从来不曾怀疑过佛祖的大慈大悲，我亦一直坚信因果轮回的报应：善有善终，恶有恶报；不是不报，时候未到；时候来到，即刻便报！缘于此，也认识至此，故我一直正直为人，磊落行事，不敢作恶，尽量向善，要做好人！

我自觉对佛祖是虔诚和敬拜的，尽管平时我烧香和祈祷不多，或许亦算不得为“信徒”。我认为，神和佛是用来敬在心中的，而不是念在嘴边的。然而，我一直疑惑的是：芸芸众生，敬神拜佛者何止千千万万？佛祖他老人家虽然神通无比，毕竟亦无六臂三头，且分身乏术，而世间万事万物、万般是非曲直、几多善恶分辨，他有那么多精力吗？

或许：神道者，玄幻高深，天机莫测，此非我等凡夫俗子所能洞悉和悟彻的罢！

（2008-01-18）

理想在召唤

总想表达一番自己的心情。提起笔来，感觉很沉；是笔沉吗？不是，是心情很沉。

我不想自己是一个怨气重的人，身为男儿，更应当洒脱。而有句话说：人生得意须尽欢。那失意的时候，拿什么去欢喜？当茶喝在嘴里是涩的，酒尝在嘴里是苦的时候，强颜欢笑、故作洒脱的表情一定是不自然的，甚至会显得滑稽和僵硬，这样只会徒添笑柄，徒增烦恼。

人生事十有八九不如意。每个人都有自己的生活方式和人生态度，心态的调适全由自我。看开一点，看淡一点，一切就过去了。只是，都看开了、看淡了，斗志也就缴械了，激情也就消退了，还奢谈什么壮志，妄言什么豪情？世界中的万事万物，充满着矛盾，让人负累。懂得辩证的人，或许从容淡定一些；浮躁极端的人，往往患得患失，无所适从。运气好一些的人，波折磨难少一些，因此活得轻松一些；运气不好的人，苦头要吃多一些，难保不意志消沉，怨天尤人。

我是清醒的，十分警醒自己的处境与应对。我当然算不上幸运的人，我一直在吃苦、煎熬，在坚挺。我曾经十分自信，几近自恋。有句话说："人前十分自信的人是因为他内心十分自卑。"自信无非两种释放方式：一是自信心爆棚，飘飘然浑然忘我；二是内心自卑以外在自信的方式进行掩饰。我的忧心恰在于，我的自信，是否就是一种病态的自卑？这让我内心常常痛苦挣扎！

我算得上是坚强的人，愈挫愈勇，永不言败。我从来没有放弃！我知道，持久的坚持，必定能达到预定的目的。在艰难的时候，挺住；在备受冷落打击的时候，挺住；在快要崩溃的时候，挺住；在承受自我极限的时候，挺住；在自言放弃的时候，挺住！我长久地挺住，我走过来了，走到了今天！

现在，我感觉失意、落寞、惨淡和愤懑，我无助而迷乱，我又走到了一个十字路口，往左？往右？向前？退后？迷雾蒙蔽了我的双眼。

外界很混浊，我看不清方向；我的内心渴望平静，竭力压抑狂乱的烦躁。我确认自己不至于胆怯和懈怠，短暂的休整，我必须前行，哪怕前面是地雷阵，是万丈深渊，我一如既往选择义无反顾。因为信念不灭，理想在召唤！

（2010-01-27）

如何待人

待人接物是一门重要的学问。所谓“做人难、难做人、人难做”，就是说与人交往、与人相处的复杂性和高深的应对艺术。

然而，人终归是有感情的动物。动之以情，晓之以理，人与人之间的关系，纯洁来讲就是交情，说穿了则是利益的博弈。我更愿意理解成交好，即相对于交恶的做法。

交好，自然是去交朋友。待人接物难，你可以因之锤炼容人雅量、接纳良朋益友。从某个意义上说，衡量一个人待人成功与否，看他身边的朋友如何；评价一个人会不会做人，看他朋友几多！

待人和交友，看起来很难很难，做起来可能更难更难。事实上，看起来难的事，做起来未必难，关键看谁去做，所谓“难者难，易者易”；做起来难的事，未必真难，关键看怎么做，所谓“难者亦易，易者亦难”。就说待人和交友，你只要不计较、不怨恨、不阴暗、不癫狂、不跋扈，“四海之内皆兄弟，五湖之中有知音”。

如何待人？如何交友？

你可以像对待小孩一样对待老人，你的孝心可以让老人感悟为恭顺；你可以像对待老人一样对待小孩，你的爱心可以让小孩感受为慈爱。

你可以像对待兄弟一样对待朋友，你的平心可以让朋友体验为坦荡；你可以像对待朋友一样对待兄弟，你的诚心可以让兄弟理解为真挚。

你可以像对待同学一样对待同事，你的虚心可以让同事笑纳为友好；你可以像对待同事一样对待同学，你的热心可以让同学感受厚谊。

你可以像对待同志一样对待敌人，你的仁心可以让敌人感化为同道；你可以像对待敌人一样对待同志，你的苦心可以让同志锻造为完人。

你可以像对待爱人一样对待搭档，你的真心可以让搭档消化为信任；你可以像对待搭档一样对待爱人，你的良心可以让爱人融化为爱意。

还有，对待你的师长、你的领导和你的故交，你用你的雄心、用心和随心，都可以化腐朽为神奇！

（2009-11-28）

奋起奔跑

诚以为，思想上的休养、蓄势，和言语上的沉默甚或失声，有时都是出于一种策略，而且应当是一种大智慧。力量不够，需要收敛；没有力量，不如放弃。当然，这样做的前提是为了下一次的冲刺来得更快更好！

——我觉得现在的自己就有这样一种理性的觉悟和实在的言行。

事实上，今日的自己是平凡的，很普通的一兵而已；只是，自己一直不愿意或者说没有足够的勇气承认这一点，对自己的信仰模糊，在认识上不够深刻，对自己的能力补充和学习干劲的缺失不够痛心疾首，尤其对自己意志的懈怠和行动上的“和风细雨”还不够苛责，而是较长时期以来掩耳盗铃般自我标榜着虚幻的“不平凡”。这是悲哀的，也是“想得多、说得多、做得少”的一类人共同的非典型标签！

毛主席是伟大的，他曾很客观、很有自知之明地说过：“三日不学习，赶不上刘少奇。”他老人家尚且如此谦逊，我们实在不能有丁点自以为是。毫不隐讳地讲，我就经常为获得的小小成绩沾沾自喜，自我感觉良好得不行，真是何其可笑！

与自负孪生的往往就是自卑。自信过了头，伴随而来的就是怯懦的失落和麻木的懈怠。在一番思想的迷离和意志薄弱的不抵抗之后，幡然醒悟。我生当为事业而奋争，为功名而张扬，为服务人民而体现价值。理想信念召我去战斗，痛定思痛，我更当义无反顾。

累了，用些时间歇会；体力恢复了，更见精神。让思想的惰性和精神的颓废今日开始下课，张弛由我，让张扬告别收敛；奋起奔跑，是我今后的主题歌。

（2008-05-06）

不是惺惺作态

好长一段时间，我的博客更新慢了，日记好久没写了，给朋友写信中断了，伏案作文停滞了……这当然不是好事，甚至让自己很后怕，感觉很懊恼，很失落，很丧气。

自从中学起，我一直引以为豪的一件事，就是自己的文笔还算不错。而如今，再说这句话，直觉得底气不足，对此我内心不是一般地惶恐。对一个人而言，最悲哀的事情莫过于：特长不长，优点不优。而这一点，我尤其在意。

曾几何时，信手拈来便洋洋洒洒、千儿八百的一串文字，几乎就是一气呵成，连腹稿都不用打。那种手起笔落、白纸黑字闪烁笔端、跃然纸上的感觉，真是一种满足和快慰，偶尔收获一篇得意的美文，更有一种落笔惊风雨的骄傲，一种思想深邃淋漓尽致挥洒的自得。

显然，今天的自己，这种自信和实力已大打折扣。是懒惰的结果？是懈怠的惩罚？是工作的摧残？是环境的左右？是心境的浮躁？是注意力的涣散？这些，好像是，又好像不全是。慵懒而低沉的身体和心力，如蒸笼般自我笼罩着。

然而，有一点是可以确认的：那就是自己远不够幸运，命运的多磨和时运的折腾，让自己真的感觉心力交瘁。等待了太久，准备了太久，我依旧没有获得释放的舞台、挥洒的氛围、张扬的旗帜！

我自认是坚强的，但在事实面前远不够强大；我自认是出色的，事实上我的思想远不够纯熟；我自认是用心的，而事临抉择时远不够冷静。在糟糕的几年历练中，我无法自我释怀。“山重水复疑无路，柳暗花明又一村”，在一而再、再而三的打击下，我也无法愈挫愈勇，历久弥坚。外在的坚挺只是一种僵硬的表情而已，内心深处的苍凉无所遁形。

不是无病呻吟，要清醒；不是危言耸听，要振作；不是惺惺作态，要自知。这是当下对自己的敬告。

（2009-04-04）

不说硬话，不做软事

说和做，就是言与行，言行一致乃君子之风。故君子不说硬话，当然谦谦美德；大丈夫不做软事，自然铁骨铮铮。

不说硬话，显然是一种智慧；不说硬话，有时也是一种姿态。内敛、低调、谦卑，甚至夹起尾巴做人，有时就是一种策略。一旦硬话出口，有时就等于亮出了底牌，把自己置于靶子的位置，难免激发他人攻击的欲望，从而陷入被动找打的境况。有道是祸从口出，故智者寡言，更何况硬话呢！

不做软事，在于执着一个信条、一条底线；不做软事，也是保持一种精神、一贯气节。尊严、情操、信念，甚或个人名节，绝不讨价还价。上至庙堂的军国大事，下至市井的鸡毛蒜皮，与立场冲突，与主义相违，决不妥协。万事在前，大事不含糊，小事不儿戏，一身肝胆谓昆仑，光明磊落去行动，铁腕强硬来执行。

不说硬话，不做软事。坚守着原则，灵活地应对，既保持了立场，又在奸险的人际中游刃有余，此为处世的实用哲学。

（2008-03-31）

不学习是一种慢性自杀

"学习，学习，再学习；终身要学习。"

学习是一种基本能力，学习应该成为每一个人生活和工作的一种常态。

不学习是一种病，是一种慢性自杀。

在裂变式的知识更新、海量的信息流通的当今时代，学习的重要性不言而喻。

我的"学习"，无非读书和写作。

我的学习状态，最近不好。

看书太少，反应迟钝；写作不多，执笔生疏。

人情债适可能欠，赌债不能欠。

风流债适可能欠，书债不能欠。

三角债适可能欠，文债不能欠。

如今，人情债、风流债、三角债和赌债均债情轻微，尚能游刃。

而书债和文债，已债台高筑。

知耻而后勇，迎面急追——要多看书和写作。

（2010-08-02）

好事总多磨

今天，终于领到了国家新闻出版总署核发的记者证。领到了无冕之王的“证照”，我却并没有特别的激动。

领记者证当然是好事。好事，于我总是多磨。新换版的记者证，早在去年11月份就统一核发下来了。本单位共有13位同志被遗漏了，我是其中之一。我当时特窝火：“倒霉的事怎么又有我的份？”窝火归窝火，有气还没地撒！今年春运实行火车票实名制，春节回湖南岳丈家，回来的时候愣是没沾上当记者和“有记者证”的光，须到长沙火车站的窗口排队购票，所幸票最终还是买到了，而窝囊的感觉如影随形。

是苛求太甚？是有心栽花花不开？不全是！但这一定是我成长的字典里辛酸的印记之一：波折频仍！和领记者证费了一番周章一样，工作和生活上我经常遭遇“好事多磨”。比如我当时的工作调动、上岗，一波三折；又如我的恋爱，真心托付，热烈追求，几桩人与事，有缘却无分，均以无果告终。如今爱人，全赖天意安排，庆幸尚算满意。

我一直奇怪，我一直都是用心对事，认真做人，为何事情的进展总是转圜反复，挫折重重？我一直希望自己心胸豁达，无愧天地，而生活与现实的“造化弄人”频繁“垂青”，身心的疲倦无以复加！

从来不知春风得意为何物，一直艰难而孤独地坚强前行，暗自神伤时唯以“大器晚成”聊以自慰。人生每天在“演义”，精彩几何，上帝的安排何其荒谬！天道不公，世道不平，我用素来的张扬宣誓：我一定不服输。蜕壳的青春，我用信念的力量温暖心房！

（2010-03-23）

绿意刻画妙笔　野趣自成丹青

——岭南国画家叶绿野画事

越是地位尊崇的人，越是平易近人；越是八斗才高，越是平淡无华。这是人生的一种修为。

近日，我们走近画家叶绿野。艺术家返璞归真的特有气质让人无法拒绝，“画如其人”是叶老给记者的第一印象。

岭南画派创始人高剑父先生早年对叶老画作已有“清新文静，新颖雅淡而富有诗意”之评价。愚等粗俗，感受叶老高作，乃妙笔留春，墨彩生光；而更可贵在于雅俗共赏，且寓意深远，自成风格。

赏叶老之画，由立意、构图、敷色至起笔、着墨、用力，均成竹在胸，欲扬先抑不事声张，此乃涵养、性情及其境界。

画由境生，境由心生。叶老的创作处处鲜明地体现着“三个结合”，即落笔与写意结合、中国画与西洋画结合、花鸟与山水结合。由此奠定了叶老的画作的神髓：既有酣畅淋漓的泼墨写意，又有用笔细腻的线条勾勒；既保持中国传统的笔法与意境，又借鉴西洋画的透视、渲染、明暗光彩变化等技法；既有山水连天、雨雾迷蒙、飞云影月、旷达飘逸的远景空蒙，又有竹叶横斜、清露浸润、雀儿争鸣的近景野趣。其作品注重整体布局，注意细微处的起伏变化，即便画境中一些不起眼的小处，亦有浓淡干湿之别，由此可见叶老一生作画功力及其严谨。

叶老早年师从春睡画院高剑父先生。高先生主张美术革命，曰：“画家心正笔正，落笔轻清，百态横生，体势劲媚，当自成一家。”叶老蒙受师恩，师命与主张均有所承。

高先生之画多盘屈苍韧，叶老略有相似，而更多新颖之发，秀雅清逸。其不少作品笔力清健，势如削玉，纤波浓点，韶媚可爱，笔走如飞，错落有间，胜似流风。

叶老爱画，固热爱生活，笔端所遣尽皆岭南花鸟果虫。叶老画作布景别致，素壁一扫，清清新新，曲尽其态，率有生气。“尽平时疏旷之情，得飞云映月之境”，其画中有诗，诗寓画中，此借物抒情、以境抒情！

叶老已届耄耋之年，而心力犹盛，画笔未辍，可喜其心境达开，品性高洁；画品人品，皆无媚欲，人中之杰也！

（2002-04-18，此文刊发于《中国青年报》）

倒写乾坤原正体　横看人物任平章

——访倒笔书法家陆正平先生

陆正平的名气不算小，年近古稀才火一把。

近年来，他享有“奇翁”“怪杰”之誉，其“倒行逆书”一绝不能不说是一种奇艺。

阳春第一场大雨的下午，我们走近陆正平，访谈就从奇艺价值说起。

总的来说，陆老的奇艺在于“一张一弛、一大一小、一正一倒”。

艺术之美最考究在于“奇、趣、新”，强调距离与反差，倒笔书法恰到好处地体现了这一点。

艺术贵在独树一帜。据陆老介绍，他练习倒书先后经历了三个阶段。

第一阶段是“文革”期间在东北蹲牛棚的日子。百无聊赖中无意识地长期坚持练习书法，为陆老的正笔书法打下了坚实基础，陆老谓之“无奈的练字阶段”。

70年代末，是经历了“文革”那场浩劫之后的知识分子的春天。陆老当时在广东省文联，时任一报一刊的编辑主任，过分的工作热情与干劲，终至累垮在工作岗位。基于强身健体的初衷开始练习“三倒”——倒走、倒看、倒写，专注于钻研，并长期坚持，下苦功激发逆向思维，有意识地左手使筷、坐车敲膝、分揪耳鼻等一系列小动作训练，此为第二阶段。

1989年至1999年这十年，陆老把练倒书法作为修身养性、陶冶情操的人生第二个春天。经过前二阶段的刻苦磨炼精修，陆老的倒书奇艺终独创一派，自成一家。

一位友好人士指出：综观陆老练习倒书的“三个阶段”，不难看出，好奇，是一个才华横溢者永久的确定特点之一，奇缘起于无奈，其间有个从被迫到自愿，由必然王国向自由王国飞跃升华的过程。就陆老今天对“倒行逆书”所取得的成就，都自认为是“无心插柳柳成阴”。当然，这与“歪打正着”又有着本质的区别。在这过程中，他所倾注的热情和孜孜不倦的辛勤耕耘是不容否定的。曾有一位行家对陆老的倒书功底这样评价：“正反相生终于正，平侧交映艺非平。”

陆老一直认为，中华民族数千年的文化源远流长、博大精深，汉文化就是其中最突出的代表之一；书法作为汉字造型典型化的一门艺术，综合了文学、文字学、汉字结构、篆刻艺术等技巧，充满着专业的哲理以及意象、笔墨与章法趣味，是祖国灿烂文化瑰宝中的明珠。炎黄子孙对此一艺特立于世界民族之林一直引以为豪。

如今，社会生产力的发展，科技的不断进步，尤其电脑在日常生活的广泛应用，改变了人们的生活模式和思维逻辑方式。

而一些感知，包括传统的德行操守、文化精华，历史的千年沉淀，在一定程度上被人们荒弃在尘封的故纸堆中。这是一种人文的悲哀，是祖国历史与文化的劫难。对此，我们要保持高度的反思。

我们的社会和我们的教育，一定要引导下一代有一种“承前启后、继往开来”的胸怀与目光；今天的发展不能忘却了历史，荒芜了昨天，这是全社会必须高度审视的课题……

最后，陆老寄语广大青年朋友，不论做什么事情，都不能急功近利、好高骛远，一定要踏踏实实，一步一个脚印。陆氏“倒书”的产生，就是一个鲜明的例证。我们都要坚信“天道酬勤”，因为天下没有不能成功的事，只有不能成功的人！

（2002-03-28，此文刊发于《中国青年报》）

亦师亦兄亦友　至真至情至性

杜海其人，师从岭南黄文宽、欧广勇先生，河源市叶绿野艺术馆馆长、东江书法篆刻艺术研究会会长、中国书法家协会会员、中国国画家协会理事、中华诗词学会会员、中国书画研究门户网站“华夏书画”网站（http://www.hxsh.org）创始人是也……

余与杜海君交往十数年，于吾可谓亦师亦兄亦友。

谓其为“师”，际遇安排也。时值1997年，余参加广东省河源市迎（香港）回归硬笔书法大赛，其时杜君新创东江书法篆刻艺术研究会，因获奖之故，余遂成为“杜会长”麾下会员之一。其后，岁月沧桑，世事变迁，余于2000年工作后与杜君多有接触，交往有年，了解日深，其在书艺上于吾多有点拨，自然中遂成师徒矣。

称其为“兄”，乃其品性为人之故也。杜君长吾十岁上下，无论社会阅历、人生经验、待人接物，乃至诗、书、画、篆刻技艺，均远胜于吾。尤其杜君处世为人古道热肠，乐施援手，与人方便，先人后己，兄长风范质朴自然，实在堪当表率。故其为兄，吾为弟，此理所当然矣。

结交为“友”，彼此性情相近也。杜君虽光环诸多，旁人羡煞，而不改豪爽率真、坦荡自然，俨然本色自我。与其交往，无须局促，不用粉饰，不必故作深沉和自卑怯懦，或贫或富，或贵或贱，概莫一视同仁，绝无另眼相待、两副心肠、三种手段。缘于同道，引为知音，故彼此亦朋友相交矣。

杜君才情纵横，诗、书、画、篆刻俱佳，东江区域早已声名鹊起，青出于蓝胜于蓝，风头远盖诸多师长；尤以其真诚横溢，老少贵贱无一不纳，所以友朋兄弟遍及五湖矣。

说杜君，自然无法回避其书法。友人评价其“通篆隶、追秦汉、蕴明清，深得甲骨、汉隶、汉帛书功底”，余深以为然。其作品布局恣肆汪洋、大气开张，用笔着墨或轻或重，或浓或淡，或密或疏，或停或行，或疾或缓，无不蓄势控力、心随意走，形似张扬、神则内敛，厚重质朴且骨质洞达，宛如妙点飞花、游龙惊影。

书画一家。杜君之绘画，正源寻本，得古法意蕴，而风格独立，自立一家。其画作大多落笔大胆，泼墨纵横，恣意挥洒，直抒胸臆，作品极注重营造意境，古意悠然，新意迭出，可谓“画中有诗，诗中有画，画外有诗，诗外有画”，值得细深玩味。其悠远之人文情怀与传统水墨精神相得益彰，画意诗情跃然纸上。

书画与篆刻同道。杜君擅长书画，尤善篆刻。其1987年始拜岭南金石名家黄文宽老门下，1989年再拜欧广勇先生为师，以汉魏六朝为宗，着迷于明清流派；研习之路，谨遵“振叶寻根、探头索源”之训导，远涉文彭、何震、苏宣、汪关、程邃、丁敬、邓石如、黄牧甫、吴昌硕等明清大家之风，近代则仰望齐白石、潘天寿、张大千诸公，浸淫二十年有余，自言当以“坚定、韧长”之毅力侍之，而今终有所成。

书、画、篆刻之外，杜君不为众人知者为其诗词。“平生耿直胸襟广，不畏奸权气若虹。名利淡如身外物，邪风恶雨自从容。”此为杜君之自题诗，乃其本真自我、不事权贵、淡泊名利、达观天下的襟怀写照。诗以言志，词以载物，杜君以其坚忍不拔之艺术意志、坚持不懈之登攀、不可陪之清奇风骨与先天俊强之悟性，使其诗词具有相当质感与涵义。

文字无力，血肉有形。如上诸般，乃吾与杜君交往之大体事略，以及吾眼中之真实杜君也！

（2011-11-10）

李曼印象

初始李曼，最觉不协调者，乃其大名是也。他生就南粤大地少有之高大威猛、器宇轩昂汉子一条，居然有如此一个可滴水之女子芳名，着实让陌生之诸君大跌眼镜，相见不觉哑然失笑；尤其让感性如吾等百思不得其解，是否曼兄儿时乖巧过甚，少时更加淑女一般？

与曼兄熟识，方知“名不如其人”矣。曼兄乃汉子豪情、女儿心性，更有“大侠”之潜质与气概。谓其“大”者，大气是也；谓其“侠”者，热血心肠、仗义忠信是也。与其相交，随性自然，肝胆相照，真心付之无妨！曼兄难得唾沫横飞，而常以真诚待人，真话交流，着得边际，愉悦沟通。

曼兄于书画甚有慧根。观其书法，师法自然，自在随心，有些古意，更具个性；信手拈来，恣意挥洒，泼墨尽皆性情。观其画作，内敛细腻，少有俗艳，思想丰满，意趣横生；初观之入眼平淡，实则古朴悠然，古法今用，清新扑面，效法古人而不着痕迹，大力承继且大胆革新，笔墨渲染处，意境曼妙，惹人怜爱。

从艺之路漫漫，曼兄不温不火、不急不缓，耐得寂寞，守得清贫，恬淡于名利，不求闻达于权贵，有意远离是非叨扰，尤其坚韧登攀，可谓用心甚深；吾斗胆观之，假以时日，曼兄当旗帜自立，书艺画技亦威震一方耶。

（2013－1－20）

今天是某的生日

今天是自己30周岁生日。

“三十而立”，按传统的概念，30岁是一个具有一定象征意义的年岁，一如“四十不惑”“五十知天命”“六十而耳顺”“七十而从心所欲，不逾矩”……

30岁，是人生第一个丰满的年岁。告别了年少轻狂，不再愤懑不平；告别了鹦鹉学舌，不再人云亦云；告别了伪装自尊，不再攀比虚荣；告别了跟风摇摆，不再听任安排；告别了畏畏缩缩，不再唯唯诺诺；告别了冲动狂热，不再大步流星；告别了一天一个梦想、一个季度忏悔一次、一年换一个女友，更多了一些务实和沉稳，更清晰了是非曲直评判，更注意了收敛和不敢放纵。

我的30岁，欣慰良多。去年已为人夫，今年已为人父，妻子尚算贤惠，儿子调皮并且捣蛋；有居室一套，不是豪宅，亦算地处市区中心；代行有私家车一辆和公务车若干，虽然不是奔驰宝马；单位效益应该算好，基本实行按劳分配；每月收入数千，不犯错误不用担心开除出队；家中两代长者常年聚少离多，而基本身体康健。

我的30岁，遗憾几多。尚不位高，更无权重；家产为负，储蓄归零；犬子尚幼，成长路长；体魄不壮，运动稀缺；能力停滞，书债日高；写作慵懒，文笔生疏；交友不广，高士识少；出行寥寥，视野狭窄；目光短视，胸怀低浅。缺失诸般，不一而足。

我的30岁，有些感慨。人生苦短，来日何多？岁月如白驹过隙，青春是逝水年华。30岁之前的时光来不及深思，一切来去过于匆匆；30岁之后的征程更加紧迫，必须快马加鞭。30岁之前的已经过去，不论是成绩还是败绩；30岁之后的已经上演，辉煌与否依旧自我书写。

今天是我的生日。生日要快乐，但不应当太快乐，因为儿女的生日，是母亲的难日，所以我一直以为，生日不必也不应当庆祝。和以前的29个生日一样，我的30岁生日也不庆祝。不庆祝却有必要总结一下，纪念一下，于是写下了以上的话。

（2010-08-23）

打捞《青花瓷》

我很怀旧。我很极端。

现在看来，之前自认为的理性和标新立异，这种评判事实上很片面。

从来确定自己不是人云亦云的墙头草，对自己的判断和见地虔诚地迷信。知我者评价：思想独立。不知我者叫嚣：自恋。而自我的打分是：思想独立而自恋。

此前我一直是不屑于“追星”的，在我看来那样多没自我！但凡大伙一窝蜂凑热闹的物事，我往往冷眼旁观，远远地躲开！由是故，时尚之于我几近绝缘。有甚者，如曾几何时风靡大陆的“人气王”周杰伦，我居然除风闻其名之外一无所知。

近些时一次漫不经心的留意，我为周杰伦首唱歌曲《青花瓷》的全词而震撼！那是何其华美的文字和凄美的意境！我即便不认同周杰伦，我如何能拒绝《青花瓷》？

我一发不可收拾地、不厌其烦一遍又一遍地收听，直至背熟了歌词。当歌曲意蕴了然于胸、心潮荡漾时，令我羞愤的是，我殊不知道，在排斥周杰伦的同时，也排除了《青花瓷》！这是一种极端，无知的极端；为了一棵狭义的“思想独立而自恋”的树，我放弃了一片“有容乃大”的森林。

肤浅应有度。收起张狂，得冷静时不冲动：怀旧无妨，极端有害。

（2008-11-20）

【第三辑】

拯救青少年教育

新的教育实施要强化这样一个理念：教育国民成为一个有素质的现代人。这个理念有两个要素，一是『有素质』，二是『现代』。与此之前我们提倡的『德才兼备』有相通之处，多了的内容是『现代』：现代意识与时代精神。

健忘历史就是数典忘祖

一个没有民族血性和爱国热情的人是枉作华夏子孙的。我始终这样认为，忘记或否定我们国家与民族的历史，尤其是自鸦片战争、旧新民主主义革命、抗日救亡战争至解放斗争这段历史，忽略深刻反省过去历史的得失荣辱与经验教训，就是数典忘祖！

很多事常常让人痛心。远的不说，就当下的韩国，同属华夏文明的传承地，居然把中国传统大节之一的“端午节”成功申请为“世界非物质文化遗产”！反观我们，还有多少久远的历史气息在神州大地弥漫？

国强则体育强。多少年过去了，中国的足球为什么就不能冲出亚洲、走向世界？这其中绝不是国人体质的因素、技术的原因、体制的问题，这些都是冠冕堂皇的借口；真正的原因是中国的球员缺乏真正的拼搏精神，欠缺愈斗愈勇永不言败的信念，缺失沸腾的民族血性、爱国热情以及坚定不移的崇高信仰！在这一点上，韩国人，无疑是我们的榜样！

我常常想，如果地下有知的话，有那么一天，我们将如何去面对我们伟大的爱国诗人屈原？如何在面对汉武帝、唐太宗时，解说我们的民族情感？

看看我们今天伦理道德的现状：校园中，有多少学生目无尊卑、不敬师长？家庭中，有多少父严、母慈、子孝的温馨场面？人与人之间，还有多少诚信、情谊？每当看到韩国电视剧中呈现出的家庭氛围：晚辈对长辈的谦恭、孝顺，同辈之间的礼貌、尊重，尤其他们相互之间的那份真诚与自然，那是一种真切的平和与由衷的愉悦。反观我们身边生活的人们，又是一种怎样的尴尬与悲凉？

到底是韩国人学得好，继承得好，还是我们遗忘得太多，丢得太快？今天的中国人难道不应该真正静下心来好好思量吗？

（2008–05–27）

今日中国缺什么？

2008年，首都北京要举办奥运会，兴奋复振奋的中国人何其多哉！事实上，不就是一场运动会嘛，过分激动什么呢？

同样是今年，时值我国改革开放30周年，必然是要大大庆祝一番的。

应该看到，今天的人们在认识上有一个误区：当有人追问近当代中国最大的改变是什么，自然地便会联想为“改革开放给中国带来了什么”。显然，这是一种断章取义式的短视，也是实用、功利式视野上的急功近利和意识形态上的狭隘。

改革开放给今日中国带来了什么？简而言之，主要有两个方面：一是硬实力上的增强，即经济发展了，人民生活水平提高了；二是软实力上的趋弱，即国家和民族意识的淡化，传统与文化的本位主义的苍白无力乃至可怕地逐渐消亡！

可以肯定的一点是：今日包括即便“物质生活幸福”的大部分国民，个人心中的幸福指数其实很低，即是说，心灵和精神上的满足和慰藉着实乏善可陈！这应当是值得当代中国人认真深思和引起重视的一个问题。由此自然地引出追问，今日的中国人最缺的是什么？

真正缺失的是什么呢？那无疑就是“信仰”。

信仰是人类最伟大的一种品质。没有了崇高、正确的信仰，人也就没有了信念、追求，并为之奋斗、奉献，直至牺牲精神支撑力和具体的行动力。信仰模糊、缺失的时代，必然伴随着人们的道德滑坡、意识混乱、人性扭曲、人心不古等社会现实普遍存在。

于一个国家和民族而言，信仰模糊、缺失或动摇的时代，国民必然缺乏忠勇、纯洁、正气的血性，迷乱了爱国、崇高、献身、成功、立业的情结，失落了传统中国的贵柔、不争、从容、悠然的品格，国民人心涣散，民力不举，朝气不足，颓废有余；民族的凝聚力、向心力孱弱，人的战天斗地的战斗力大大下降；人与人之间少了信任和友善，多了尔虞我诈、功利心理，个人主义思潮泛滥。

当代中国的现状如何？中国人的信仰如何？以上所言虽然未必全中，但绝不乐观，这是一个铁的事实，无法也不能回避。

这一切是如何造成的？首先当然是积弱已久的近代中国被西方列强的枪炮轰开了国门，历史上长期的战争形态留下的阴影和影响；其次是中西文化的碰撞，现当代的中国在与西方的文化较量中，一直以来处于下风，即居于弱势的地位，“西风压倒了东风”，使中国的现当代人还没来得及真正冷静下来，西方的意识形态、西方现当代的科学技术就已经俘虏了中国人的价值判断与取舍！

再者，近现代中国的国民教育有太多、太大的问题要检讨和修正。中国现当代的教育最应该被批判的一个标签就是：一方面，对一代代国民的教育引导中，把中华民族的历史文化传统丢得太多、太快；另一方面，对西方文化的引进、借鉴与吸收的过程，同样太多、太快，而且盲目、自卑，乃至奴性！

（2008－04－15）

打倒教育产业化

——“拯救中国的青少年教育”之一

人们说，青少年是未来的主人，未来的希望。看看我们身边现实中的青少年吧。

鸦片战争以来，不过百余年。今天的人们（尤其青少年）到底怎么啦？而今有多少人的口中还在谈集体思想、爱国主义、民族精神？有多少人还在谈孔孟老庄，谈马列主义毛泽东思想？谈尚且没有，又岂能奢望他们的行动。在我们的周围，还有多少人在练习毛笔字，认识繁体字？有多少人还在意和懂得谦卑礼让、长幼有序？有多少学校还会教授学生学习《三字经》《千家诗》？……

遗憾得很，事实上真的没有多少。我们看到的是，举国一片日流、韩流汹涌，港台风潮横行。国内的青少年眼中，似乎只有日本、韩国、美国和港台的流行风向与潮流“才是跟得上时代的”，只有这些地方的物事才是21世纪标准的，中国内地的似乎“一切都是土老冒”。他们眼中只有谢霆锋、张柏芝、木村拓哉、李英爱、林志玲；对大陆的物事，他们只瞧得上“超女”李宇春、张靓颖，抑或章子怡、范冰冰、李亚鹏等。即便“正经”玩得“正统”一点的，也就只有高中肄业便我行我素的“神童”韩寒和郭敬明、孙睿之流了。我一直怀疑，在季羡林、钱锺书、张中行、金克木、邓广铭、于光远、彭桓武等老先生的眼中，神童如韩寒，未必不就是当代中国文化氛围圈中的一个“超级怪胎”，即便他（韩寒）真的也算出色。

每当有极少数的有识之士对此等现象进行疾呼甚或责难时，他们立马便会招致一群道貌岸然的社会“上流人士”的无情驳斥，以及网络上一群失控（网络科技的缺陷）、疯狂、随性、狭隘、自恋、叛逆的网民的集体反攻：这是当代中国社会处于转型时期的必然产物和特有现象。

让人十分疑惑的是，所谓社会转型怎么一切“昨是今非”就如此之快？近代以来隆隆的炮火才熄灭多少年？有多少人还记得圆明园当年燃起的战火和无声的血泪？有多少人还会缅怀那些为抗日战争、解放斗争而前仆后继、抛头颅洒热血的爱国英雄和人民烈士？有多少人还知道仅半个多世纪前毛泽东主席用那旷世震撼的湘音宣布中国人民从此站起来了？我甚至怀疑有多少青少年真正知晓和用心消化过这100多年的中华历史！

生长在和平年代，曾经是家中的“小皇帝”（改革开放后的“80后”）当中的不少人已步入工作岗位了。他们吃着“垃圾食品”——肯德基、麦当劳长大，看着《米老鼠和唐老鸭》《猫和老鼠》等动画片告别童年，又在周润发、林青霞、刘德华、张曼玉、周星驰、陈小春、谢霆锋、张柏芝等“明星”或影片的逻辑思维与行为、生活方式中学会思考和为人处事——这就是中国当代的青少年们。

我的一位师长曾这样表达忧虑：“未来就掌握在这样一群青少年手中，我们未来的希望将会在哪里？”这难道不是一个沉重而必须迫切深思的问题吗？

而少（青）年的可贵、可爱和伟大，我不禁想起梁启超先生的《少年中国说》：“故今日之责任，不在他人，而全在我少年。少年智则国智，少年富则国富，少年强则国强，少年独立则国独立，少年自由则国自由，少年进步则国进步，少年胜于欧洲则国胜于欧洲，少年雄于地球则国雄于地球……美哉我少年中国，与天不老；美哉我中国少年，与国无疆！”

要达成梁启超先生的伟大愿望，今天的中国青少年教育，整肃是势在必然的。如何整肃？当然不再是空喊“教育体制改革”“素质教育”等口号！当然我不否认“教育体制改革”“素质教育”等的初衷是好的，但方式、方法、过程不敢恭维，结果办了坏事情。尤其提出“将教育实行产业化经营”的思路和思想，实在是对中华历史和民族犯罪！就说“素质教育”，在应试教育的条件下，“素质教育”仅是一个口号，对青少年的启发式教育的程度相当有限。而问题是，对青少年而言，启发式教育是至上的。旅美教育专家黄全愈认为，当前中国的考试制度使考试成为目的而不是手段，全中国的在校青少年都以考试为终极目的，这种考试考不出学生的综合能力，尤其考不出当下青少年的“品行素质”。

有这样一个事例：2007年6月某日，某大学举行招生面试。当日15时30分，来自某实验中学的考生顾雯走出了考场，她向为她开门的门卫鞠了个躬，说了声“谢谢”。门卫拦住了她：“请你等一下，教务处李处长要见你。”——原来，下午面试的两个多小时里，有80多名考生结束了面试离开考场。一直站在二楼的李巍然处长发现，竟然没有一个考生向为他们开门的门卫说声“谢谢”。李巍然告诉门卫，他要见见这个唯一向他们说“谢谢”的考生。

由此很自然让我们联想到现在中小学学生的生活“待遇”：无论是在家里还是在学校，除了“念书”，基本上什么活都不用做。不少地区，学校后勤的“社会化”已经发展到了“宾馆化”，家长更不舍得孩子用宝贵的学习时间来干家务活。一个简单的逻辑：不做事，不劳动，就不会懂得劳动的艰辛，也就不会尊重他人的劳动。如果面对一个能影响自己命运的人，有的考生可能不会忘记说一声“谢谢”，但现在他们面前是一个社会层级很低的门卫，不说或忘了说“谢谢”，再正常不过了。应试教育，说穿了就是功利教育、实用教育！试问：除了功利和实用，当代青少年的道德、情操、人文精神在哪里？

再说高考。举一个极端的例子：一个名叫蒋多多的河南女孩以“自我牺牲”的方式（故意考零分）向应试教育“宣战”，教育专家们在此时纷纷表示：现在的高考非改革不可！

必须严肃地指出：教育不是产品、商品、服务，而是国家对国民的一种义务！教育尤其不是商人的交易和买卖（民办教育恰好就完全是），而是国家、民族、人口可持续发展的源动力，是作为当今社会人的一种应有的平等权利，是实现未来人的现代化的根本途径！

中国的教育，首先要符合国情。依托于中华民族厚重的历史，适当回归传统吸取其积极的元素，培养青少年的人文精神，是当代青少年教育的基本点、根本点和起点。其次，全民教育国家（全民）办，即整合全国教育系统，最大限度地平均分配教育资源，让全体受教育对象公平享有教育权利，从师资、生源、硬件等，统一计划，国家包办。再次，突出时代特色、时代精神的教授：追求全民素质的整体提升，达成教学的主目标，即受教者成为现代的合格公民。此外，开辟差异化的特种教育，培养未来的高、尖、精、特人才。最后，对高等教育重新划分森严的等级，把“真大学生”和“假大学生”严格、鲜明地区分开来，彻底杜绝“大学生满天飞，而素质不及30年前初中生”的怪相，实施教育的回归再改革。

为什么而学

——“拯救中国的青少年教育”之二

依托厚重的历史，适当回归传统去吸取其积极的元素，培养青少年的人文精神，是当代青少年教育的基本点、根本点和起点。

21世纪信息时代的来临，资讯的空前丰富，资讯获取的渠道空前增多，加上国民生活水平的整体提升，当代青少年普遍早熟，在世界观和价值观的形成之前，受外界干扰的程度大大增强。因此，尽早地介入其成长阶段的启发式教育及初级德才教育尤为迫切。现代信息、科技熏陶下的青少年一代，需要教授、引导其适当吸收传统中积极的元素，让古今传统与现代信息科技相互融合，使之成长为一个具有中国特色的现代合格公民。

青少年的教育，首先要明确的是：当代青少年为什么而学？要学什么？师者如何教学？

为什么而学？即学习的目的是什么。当代教育有一个误导：强调实用与效率，忽视道德与心性。以大学生为例，现在的大学生读书只为谋职、谋生。为适应这一要求，评价大学办得好不好的标准变成了教学能给学生提供多少工作机会，或者是看毕业生的就业率高低如何。现在教学都有一系列清晰的目标，要求学生通过某门课程的学习后，有多大的把握达到第一、第二、第三个目标……这种教学非常程式化、制度化、效率化。又如追求升学率，要求学生必须按教育行政部门规定的教学大纲完成学业，必须通过特定考试才能进入高中、大学，必须读完教育法规定的知识课程，等等。现代的教育成了一个理性化的效率问题，而且非常系统化、机械化、制度化，没有办法改变这一状况的莘莘学子，只有被动无奈地顺从。

教育是要让人在道德心性上先做个好人（君子），然后在为社会主义建设上再做个能人。用中国古人的话说，就是“做君子是内圣，做能人是外王，内圣外王必须合一”。这是教育的最高目的。中国古代教育把正心诚意修身的内圣教育放在第一位，然后才是齐家治国平天下的能力才艺的教育，这就是《大学》“物有本末，事有终始，知所先后，则近道”的教育理想。今天，“传统”在近代中国学习西方教育时向西方世俗化潮流一边倒，大学只传授世俗的学问知识，中国“圣俗不分”的教育荡然无存，这就是当代教育最大的罪责和失败的总根源！

近代中国的教育照搬西方的教育理念，受教育的目的就是追求效率与实用，即为谋生立业学习、掌握一种或多种技能。今后的社会主义条件下成功的中国教育，是既要达到精神（思想）的教化，又要达到世俗化的效率与实用，而两者轻重之中，应以精神（思想）为重，效率与实用次之。因此，“教育过程中回归传统中积极的元素”一定意义上就是“国学”教育的回归。换言之，比如务必恢复小儿读经科，让国人学经，并学以致用，让学经与学技能统一结合起来，让“经典教育”在中华复兴。“经典教育”之重要，具有人文精神与历史责任感的学者们指出：一个民族没有了经典（教育），就没有了文化，没有了历史，没有了根基，没有了灵魂，没有了常理常道，也就没有了未来与希望。因为一个民族的文化、历史、根基、灵魂、常理常道、未来与希望都存在于这个民族的经典中。而关于人文的精神，一定意义上说，在我们博大精深的“经典教育”里可谓汗牛充栋，“经典教育”兴焉，则人文精神盛焉。

值得一提的是，“经典教育”在当下的回归，在儒家之道的推动、风行与熏陶之下，对重树纲常、继承中华、凝聚民族精神、净化国人心灵，乃至重建国人的意识形态体系都将具有划时代的意义。历史的今天，孔孟学说对人性向善、见贤思齐，对推动社会稳定，导引全国上下一心，促进民族融合与团结，依然积极有效；尤其儒家学说强调的修身齐家、忠君爱国等思想核心，在今天人心不古的现实之下，对执政者意志的柔性贯彻，对振兴中华、民族复兴，对当前构建和谐社会的宏图大业都将是有百益而无一害！

近年来，在社会上掀起热烈反响的当代大儒蒋庆先生，在“阳明精舍”（位于贵阳市郊六十公里外的修文县龙场镇外十多公里的云盘山，该处有一小水库，水库背后的山坳里，绿树掩映之中，白色的围墙内有一个院子，就是其所在。这是蒋庆用以实现其儒学当代复兴的基地）发起的“儒学当代运动”，以及今年夏季媒体热炒的上海全日制读经私塾"孟母堂"，对当代青少年教育过程中回归中华历史的传统和人文的精神，应是可以引起重视并对其批判性吸收的一种新兴尝试和积极力量。

而要实现"经典教育"的回归，首先是在全社会范围动员，进行过硬的师德建设。"根正苗才红"，这层道理很简单，在此不做详述。

必须明确的是，当代中国教育，要重新编订教材。中小学生的课本教程里，在原"历史"课程（本）的基础上，统一增加设置爱国主义、民族主义、集体主义、社会主义、时代精神的教育内容，即"国民系统文化史"教育，或称之为国民"闪光教育"。"闪光教育"中的教学内容核心为爱国启蒙教育。该项目课程应作为一个专门的课程进行教学、考核，与语文、数学、政治、物理、化学、生物、外语等课程并行，并将其居于以上全部课程之首。

"闪光教育"中的爱国启蒙教育，在教学过程中要加强学生的思想政治教育，尤其是要强化爱国主义和热爱中国共产党的教育。要专门编写爱党、爱国的教材对学生进行教授。要从幼儿开始，教会学生懂得党的诞生、斗争、发展、取得政权、领导人民进行社会主义建设、带领人民走向富裕、指引祖国走向繁荣昌盛的"过去、现在、未来"的整个历史脉络，教会学生懂得中华上下五千年的光辉灿烂及其惨痛的历史经验教训，从小树立和培养爱国主义的情怀与为国奉献牺牲的情操。学校和老师要把学生学习爱党、爱国课程的热情、干劲、成效作为考核学生德育、智育方面是否合格或者优秀的重要参考依据。

思想政治教育一定要从幼儿抓起，设立有专门的章节，通过鲜活的事例、典型的事迹，教授学生树立正确的世界观、人生观和价值观，大力弘扬革命英雄主义、革命乐观主义和社会主义奉献精神，全心全意为人民服务的牺牲精神；大力批判西方腐朽的个人主义、实用主义、功利主义、享乐主义和奢靡之风。在全社会营造浓郁的社会舆论氛围，让积极、健康、生动、鲜明的社会主义"八荣八耻"荣辱观、道德观感染、影响、规范每一个公民的行为，对所有与"八荣八耻"相背离的行为进行无情鞭挞，使其成为人人喊打的过街老鼠，没有藏身之地。课程教学过程中，强化受教者对中国历史与世界各国历史文化进程中重大历史阶段、事件的认知，对古代、现当代的政治、经济、文化、科技、历法等文化传承进行系统的教授；尤其对中国历史上正反两面代表人物的光辉或罪恶进行强化消化。

今后，外语（主要指英语）逐渐过渡至不用再作为一门必修的课程，无须作为衡量学生智育水平的参考和依据。原因很简单：学问是无穷的，是多领域的，英语只是语言能力领域中的其中一个单元而已，有专门专业选择的人去学习即可。再者，泱泱中华举国学英语，外语嘤嘤，反倒国学沦丧，不知是对炎黄子孙的莫大讽刺还是现实的巨大悲哀？——要挺直当代中国人的脊梁，剔掉媚骨！最后，21世纪是中国的世纪，中国强大了，应该让全世界都来学习汉语！中国人自己更应为全世界带好头！

此外，应增设中国传统琴棋诗书画等文化艺术课程。

高度重视“校园本质”的文化建设

——“拯救中国的青少年教育”之三

学校是青少年成长、成材的摇篮。青少年教育的实施对于学校的重要性，应高于其他任何形式、渠道、媒介等的重视。

一、校园文化建设。师长的教授和学生的学习应是生动、活泼、互动的。校园要营造传统与现代相互融合的当代中国特色的浓郁校园文化。

打破“校园文化就是校长文化”的狭隘空间逻辑和现实。在全国范围的中小学、大学营造传统与现代相互融合的当代中国特色的校园文化，它具有几大元素：共通性（即校园氛围的相同程度），平等性（即学校之内学生无分大小、高下，爱国、奉献、受教育面前人人平等），纯洁性（即不功利、不世俗、不庸平，不容藏污纳垢，其神圣性不容侵犯）。

全国制定统一标准，规定中小学每周放一场爱国、励志题材的电影；中小学生每学期学会三至五首爱国革命歌曲或经典民歌，全国校园对港台（包括国内）的“流行歌曲”要有意识进行抵制，尤其对涉及色情、过分情爱渲染等格调品味低下、消极、不健康的“流行歌曲”要坚决封杀，各地各学校依据自身实际可适当原创一些积极向上、歌颂校园情怀的校园歌曲；中小学学校每周至少开展一次集体义务劳动；设立学生德、智、特、体、美、劳的“比、学、赶、帮、超、优”考核；坚持课外读物中有三分之一的内容是《三字经》、《千家诗》、《诗经》、唐诗、宋词、元曲等传统精华读物；每个月有一次校园集体课外文娱赛事，如围棋、象棋、军棋、书画、足球、篮球、拔河、赛跑、文娱晚会等；每学期举行义务军训，等等。

二、身体素质培养。中小学校平时必须组织学生参加社会义务劳动，如义务植树、清洁街道、服务群众、慰问五保户等，尤其春秋两季的农忙，全国农村和城市的学生统一组织参加体力劳动，下到农村，到群众中去，通过劳动过程中的密切接触，增强学生与劳动人民的深厚感情；感受农民、工人等各阶层的劳动人民生产活动的艰辛；亲身体验“粒粒皆辛苦”的真味；借此增强城乡小孩之间的交流、友谊，切身感受城乡的差别；以实际的行动培养学生们从小热爱劳动的优良品性，更加珍惜今天优裕的幸福生活。

此外，在城乡家庭之间，推行一城一乡两个家庭的小孩“互换教养”，即城乡两个家庭自由组合将双方的孩子“调换”后进行教养，使社会的每一个家庭在义务教养自己的孩子之外，还必须义务为另一个家庭的孩子提供教养并负责，从而由社会责任的层面、家长的责任，通过转嫁到对孩子教育的多视觉与环境的多面性，让整个社会（尤其城乡之间的人们）实现社会关系的互动，营造和谐社会的和谐氛围，让青少年的健康成长成为全社会的共识并承担共同的责任。这种做法可作为我国教育体制改革的一个新思路以及教育行政主管部门转换思维重新定位自身职能并进行广泛“朴实教育”实践的一个尝试。此外，借助城乡家庭之间亲密接触的渠道，还可作为城市各阶层参与和支持当前热烈开展的社会主义新农村建设的一个载体。

在大学校园，大学生须每周参加一次高强度的劳动；每个月主动参加社会实践，把学与用有机结合起来，真正做到学以致用；每月撰写实践报告，上交学校，作为学生在校期间的在校表现和学期学习成绩的参考依据之一，并作为学生能否顺利合格毕业的依据之一。除正常的课堂学习之外，每个大学生必须至少加入一个学生自发组织的群众社团（如学生会、志愿者协会、文学社、书画社、体育协会、文艺协会、舞蹈学会等），积极参加所在社团组织的相关活动。通过参与过程融入到团体的氛围，在无形中适应团队文化，形成团队精神的自觉性，从而实现个体之于集体的归属感。

如当前全国范围广泛深入开展的“十百千万”干部下基层驻农村活动，对大学生的“入世”就是很有启发的一种做法。

国家包办平均分配教育资源

——“拯救中国的青少年教育”之四

全民教育国家（全民）办，即整合全国范围的教育系统，最大限度地平均分配教育资源，让全体受教育对象的教育权利公平享有，从师资、生源、硬件等，统一计划，国家包办。

当前，我国政府的管理机构与管理模式因领域与性质等不同而各有差异。如工商行政管理、国家税务、海关部门等，采取的是垂直式的管理，由中央到地方，往下逐级监管，并不隶属各级地方人民政府的直属管理，自主独立权很大，对最高级机关的“集权”很有效。教育领域要实现“脱胎换骨”的变革，也应从管理体制与行政主管部门的职能这个根源上入手，参照工商、税务等行政管理架构，今后教育系统的行政职能，从中央到各级地方，由上而下实施垂直管理，教育行政主管部门不再隶属于地方人民政府管辖。

整合全国范围的教育系统，最大限度地平均分配教育资源。有人会说，这是开历史倒车。其实不然，曾经的“大锅饭”的确未经得起历史的考验，主要原因是当时历史时机和现实条件不允许，并且在全国范围多领域同时实施，牵涉面太广、太大，不符合客观实际。而今对教育系统实行“大锅饭”，在历史实际与现实条件等方面都已具备成熟条件。

应该看到，由于全国各地社会经济发展水平的差距，各地区的教育发达水平存在巨大差异，如何整合、均衡教育发展水平？最直接有效的方法就是行政干涉，用国家政策的杠杆进行宏观调控。如具体的校舍、课室、课桌、电教设备等硬件指标，除国家从中央直接进行贴补、帮扶之外，可以行政指令硬性摊派到地方政府，既然是“全民教育全民办”，地方各级人民政府就有这个权利与义务对教育的发展进行作为。

对客观上各地现有教育发达水平的差异，从中央到地方各级教育行政职能主管部门可依据均衡性原则进行统一再调配，对人员配用、师资建设、生源安排、经费拨付、硬件配备等，全盘整合，统一计划，最后落实到“人民教育国家包办”的教育体制上来。

教育机构的所有权属要进行调整。前面已经谈到，教育是国家对国民的一种义务，而不是商人（或者说学校与学生之间）的商品交易和买卖。民办教育（社会力量办学）作为一种商人的投资行为，在商品经济的法则中，投资就是要求实现回报的，民办教育机构的办学行为首先就是其盈利手段而已。为使教育的本质回归，为使教育领域的行为纯洁，应在全国范围内废除民办教育，而现有社会力量办学机构有步骤地分阶段地一律收归国有。

在具体实施教学规程中，突出时代特色与精神的教授：追求全民素质的整体提升，达成教学的主目标，即受教者成为现代的合格公民。

新的教育实施要强化这样一个理念：教授国民成为一个有素质的现代人。这个理念有两个要素，一是“有素质”，二是“现代”。这与此前我们提倡的“德才兼备”有相通之处，多了的内容是“现代”：现代意识与时代精神。而且在“德才”之中，首先应追求“德”，“才”次之。先做好人（君子），其次论才智做贡献。这也是与我们党和政府落实科学发展观、构建和谐社会、以德治国的施政理念一脉贯通的。

实施差异化特种教育与精英教育

——“拯救中国的青少年教育”之五

开辟差异化的特种教育，培养未来我国科技发展、国际竞争、国防需要的高、尖、精、特人才，这是当代教育有益而重要的补充。

中国有不少神童和天才，这是不容否认的一个客观事实；另一个事实是，中国的神童和天才至老终死的“成就”却不大。原因是什么？有不少学人认为，是中国目前的教育体制之下，还没有一块得天独厚的适宜少年天才和神童成长的土壤。过去的实践证明，对这类神童和天才的培养，我们的教育方式、方法以及过程与结果都是失败的。

另外，时代发展日新月异，科技进步一日千里，中国的社会主义建设和国际竞争急需大量的高、尖、精、特人才。而这类人才显然不是“一般的常人”所能胜任的。因此，在全国范围对国民进行常规教育之外，差异化地开展高、尖、精、特人才的培养，既符合现实的需要，也是客观的要求。

如何进行这种“差异化的特种教育”？这是今后教育专家应高度重视的一个课题。打个比方，如开设足球学校，从幼儿开始，即对入校的学生进行文化和技能的同步培育，培养中国特色的爱国的走向世界的当代中国球员。又如开设“特种班”“天才学校”“少年导师一对一”培养，等等。

对高等教育重新划分森严的等级，把“真大学生”和“假大学生”严格、鲜明地区分开来，彻底杜绝“大学生满天飞，而素质不及30年前初中生”的怪象，实现教育的回归再改革。

大学生曾经被誉为“天之骄子”，是一种很骄人的崇高荣誉。时下，这种荣誉已不复存在，不管是人们还是大学生们自身，对“天之骄子”那种由衷的向往已消失了。原因是什么呢？

高等教育走向“平民化”，本无可非议。问题是，伴随着这种平民化的激进进程，大学自身的质量在下降，大学生的含金量也在下降。遍地开花的大学，造成了泛滥成灾的大学生。前者，使大学校园的神圣不再，乌烟瘴气弥漫；后者，让大学生不值一文，以至有“素质不及30年前初中生”的怪相。

由于多且乱，滥且劣，如今的大学校府鱼龙混杂、参差不齐，生源质量高下不均、良莠不明。“真大学”和“假大学”纠缠不清，“真大学生”和“假大学生”难辨真假——这是今后高等教育必须大力革除的。

某个意义上说，高等教育就应该是“精英教育”。大学校园就应该有一道高高的门槛，必须对高等教育重新划分森严的等级。高端处，能者居之；低槛处，庸者处之。为了与“学问教育”划分领域，可加大力度推动平民化的、多层次的、行业门类齐全的职业技能教育，与传统意义的高等“学问教育”严格区分开来。

埋葬“高等教育等于高收费”的不合理怪相。“一个农村家庭要供出一个大学生，就意味着倾家荡产”，这就是对当下高等教育收费的真实浓缩。高等教育的高收费，首先是不合理，其次是不人道，再次是加重了广大人民群众（尤其是农民和工人）的负担；最为严重的后果是，它扭曲了贫困家庭的大学生的心理，一开始就使他们的入学目的和日后的进入社会变得世俗化、功利化，甚至走向极端化，在“为了什么而读书”的回答上，造成其无限的尴尬、无奈和辛酸！

事实上，国家任务生、委培、提供助学贷款等，都是大学生完成学业不错的方式，但一定要落到实处！今后的高等教育的高收费一定要降下来，不管以何种方式和途径！

最后，为区别于以往对“教育”断章取义的概念，我们把以上回归本质的教育理念——既要达到精神（思想）的教化，又要达到世俗化的效率与实用；而两者轻重之中，以精神（思想）为重，效率与实用次之——及其所有的举措统称为中国特色的全民“朴实教育”。

（初稿于2006年4月）

学英语，请先学好母语

英语，是世界区域性的一种语言，世界各民族众多语言中的一个语种。相对于我们泱泱华夏，它就是一门外语，如此而已。

近现代以来，西风东渐，洋语言尤以英语为甚，肆虐神州大地。举国学英语，全民懂英语，行行业业考英语！崇洋媚外之风愈演愈烈，“先进西方”的迷信怪调日甚一日，这是民族自信的迷失、民族精神的颓废，是中华民族复兴进程的浩劫！

我们为何要抵制英语、憎恶英语？很简单，不能本末倒置、舍本逐末。英语是外语，我们的母语是汉语。母语的学习与传承尚且七零八落，而全民疯狂学英语，这不是舍义忘本吗？

全民学英语，当中实有黑手在推波助澜，这个黑手唯舍义取利耳！古人云，民愚犹可恕，为政趋利不可饶也！由是故，当下国人若唾弃英语、反对英语、憎恶英语，是还汉语作为母语应有的尊严与公道，是中华民族文化自信觉醒的一种救赎。

同胞们，请您自觉地站在学英语的对立面，及其反对阵营中来！

附《学习时报》载毛翰先生雄文——

全民学英语的祸患罄竹难书

今日中国，全民学英语的荒谬和祸患，已经是罄竹难书！年年岁岁，连中文系古文献、古汉语和古典文学专业的师生也必须过那风马牛不相及的英语关，连中医药、甲骨文、儒释道学者也要受那八竿子打不着的英语考试的折磨。英语一票否决制，使多少英才被阻挡在大学校门和学术殿堂之外，又有多少庸才凭一纸死记硬背来的哑巴英语一路畅通地拿到硕士、博士。

一个法国人就算会说英语也尽可能不说，因为他有民族自尊心，有法语的优越感和守护法语的使命感；一个中国人就算不会说英语也要夹带几个洋泾浜单词，连咿咿呀呀的流行歌曲也要拽几句英语，以显示自己的时尚和与国际接轨。

面对英语这个巨无霸，中国的教育决策者应该有一份清醒，一份警觉，一份睿智。我们的策略应该是，正视当今世界英语的霸主地位，为了中国的经济发展及文明进步，继续进行有限的英语教学，培养必要的英语人才，与世界对话，而立即叫停目前这种全民学英语的高烧和狂热。也就是，让极少数人专攻英语成为专才，让大多数人远离英语免受其累。同时，继续高速发展中国的经济，改善中国的政治文明，促成中华民族内部的统一，包括语言文字的统一，提高中国的国际地位和话语权，在出版、影视、互联网等领域，大力扩张中文，让全球的汉语热持续升温。

让中国的莘莘学子每人耗费1/3甚至更多的青春时光去学英语（之后还须活到老学到老），也不见得学得好。就算学好了，也不见得真有多少用。试想，除了少量的外交外贸人员，十几亿中国人聚在自己的国家从事士农工商各行各业，哪有多少机会用到英语呢？而如果真的到了那么一天，中国人在自己的国家处处都要用英语了，不说英语就过不了日子了，那中国还是中国吗？如果终有那么一日，那将是我们母语的末日，将是文化中国的灭亡之日。——学而无用则虚耗国人生命，学而致用则葬送中华文化，这正是今日中国全民学英语的荒唐和悖谬!

对于一般学子，如果把年年岁岁皓首穷经背英语的时间省下来，学历史，怕是连《资治通鉴》也背熟了；学文学，怕是连《红楼梦》也背熟了。由于英语排挤母语，今日中国学生的母语水平之低已经匪夷所思了。2005年6月，复旦大学举办的汉语文字大赛上，夺得冠军的竟然不是中国队，而是外国队，一支汉语水平并不怎么出类拔萃的外国留学生队。可叹复旦大学，一向还以文科见称，如今已是这般光景：“卿云（卿之所云）烂兮，糺缦缦兮。日月光华，旦复旦兮。”我们曾经全民动手，大炼钢铁，毁尽山林，炼成许多废铁渣；我们如今又全国动员，苦练英文，耗尽国力，又能指望它练成什么呢?

小子很乖

我不知道将来我会是个怎样的父亲，至少，目前的我不是十分称职和博爱。我一直告诉自己，我要做一个严父；我同时确信，他的母亲会是一个慈母。对孩子而言，有严父慈母，已经足够。当然，如果要成长得更好，“严”和“慈”之外，必须讲究科学的方法，比如因材施教，尊重孩子的兴趣和人格，等等。

时间从不懈怠。从2009年9月6日至今，小家伙快满4个月大了。我和兔子（孩子他娘）都认为，我们是幸运的，小家伙真的很乖：白天偶尔小睡，大部分时间很享受大人的逗乐；晚上一般醒来2～3次吃奶，并不哭闹；而且作息科学，基本上晚上七八时入睡，早上6时准时醒来，每天均以不超过半小时的误差规律地剥夺我们的早上黄金睡眠时间。我有时和兔子开玩笑，这哪是生了一个儿子，简直就是生了一个闹钟！即便每天早晨都被小家伙的自说自话、牙牙学语吵醒，那种体验依旧是幸福的。因为我们很知足，小孩子能和父母如此“配合”，夫复何求？

这或许是“上天有好生之德”。我的工作岗位要求值夜班，长期阴阳反转，作息颠倒。再者，我一直以来波折频仍、苦难良多、命运多舛。我常想：一定是小家伙疼惜父亲的辛劳，不忍心太过捣蛋，徒增我身心的负担！小家伙的表现我是十分满意的。而父亲的表现，儿子满意吗？

我想：小家伙是不满意的。100多天了，我没写几篇关于他的成长日记，平时没有多少时间抱他、逗他，没有给他讲过“从前……”的故事，没有几次哄他入睡，和他一起听古筝和钢琴曲的次数还没有我上网看电影多，陪他看《喜羊羊和灰太郎》也是屈指可数，而抱他到小区的花园去散步更是寥寥无几。勉强值得一提的是：“三朝”之前，我和家人给他取好了名字；月子里，我倒是帮他洗过N次尿（屎）布，帮他洗过澡，给他喂过米糊，学包括小狗在内的各种动物的欢叫以博得他的一笑，也便如此而已！

小家伙的不满意肯定还包括我经常夜深人静把他吵醒，日上三竿我还在甜美的梦乡之中，以及我那“白天不易见、晚上见不着”的工作，等等。

如今，我和小家伙分隔粤湘两地。小家伙在湖南的外公家也已适应，虽然冷一点，但也扛得住，“带把子的”确实更有担当。在和他妈妈的电话联系中，偶尔把话筒放到他的耳边，千里之外听到比较熟悉的声音，他会全神贯注地辨认和寻找声音的来源！真神了，难道小家伙知道是老子在挂念他？

因为我们“比较忙”，小家伙出生后我们一直没给他理发。他妈妈晚上来电话告诉我，小家伙今天理发了。瞧我们这父母当的，真是忒不合格了。他妈妈还说，理发的时候，小家伙非常配合，引得那理了几十年发的老师傅连声称赞：从来没理过那么乖的小孩！

本打算也在博客发几张照片晒一下小家伙理发后的造型，犹豫之后想想罢了，公开场合还是晚些“曝光”吧，何况又没能征得小家伙的同意，肖像权可是他的！

（2010-01-03）

如何许孩子一个未来?

孩子是祖国的花朵！孩子是祖国的未来！

应该说，从党和政府、学校，到广大的家长，今天的孩子是得到了充分的呵护的！有教育专家甚至认为，时下对孩子成长的过分娇宠已是“过犹不及”！一片谴责声与警示音言犹在耳，而不容否认的一个事实是，在对成长中的孩子过于主观形式的关爱外衣下，全社会在客观现实上为孩子的成长、学习、生活又营造了怎样的一些氛围？

就说对校园周边环境的净化，我们的政府、教育主管部门、学校，甚或全社会的舆论，真正又有多少全面关注与理性审视的目光？我们当然无意对此进行过于辛辣的批判或者以一种居高临下的姿态对此不分青红皂白地横加指责！我们所要表达的是，对于此，不论是政府、教育主管部门，还是学校、家长，到底是我们力不从心之余的熟视无睹，还是无所作为已经习惯了麻木？答案显然不是！

走遍了惠州市区各大校园的角落，在对现实的现象记录、反映之余的思索和倾听着各界真切的呼声后，我们单纯的思虑无法不沉甸甸，复杂的心情无法不沉重！

调查发现，一些学校的周围，有多少小店、摊档在经营着不规范的项目：卫生无法确认合格与否的熟食生食、声色张扬的游戏机、“准成人”的少儿读物、暴力玩具……不胜枚举。每当校园课前或是放学时，成群的学生要么一边玩着游戏，一边吃着买来的小食品；要么一边在随意翻阅着那些至少不纯洁的读物，一边毫无顾忌地言笑，毕竟少年心事单纯！

这样的场景，确实火热的生意，乐了老板、误了学生、苦了家长。据称，有的小店还给学生赊账，个别学生赊欠得太多了，居然向家里“行窃”！诸多问题给我们敲响警钟：校园周边环境的整治岂可再麻痹儿戏视之？

窃以为，高度重视校园周边环境的整治工作，不仅是教育主管部门的事，或学校、家长的事，也是全社会各界的共责。有识人士给我们建言，营造健康优美的校园周边环境，首先要体现在工作的主动性上：任何单位、团体或者个人，一旦发现苗头，都有责任及时提供信息，教育、工商、公安、文化等部门，应主动出击，及时处理。其次，各有关主管或主办单位应建立工作的联动协作机制，并在工作执行和落实过程中健全首问责任制。此外，还要在工作中将其常规化，要时刻关注、随时治理，将校园环境“污染”消除于萌芽状态。

问题总是会有的，新的问题也会层出不穷，而解决问题的办法也一定会有。只要思想不滑坡，办法一定比困难多！

孩子就是未来。净化校园周边环境，我们对此还能无动于衷吗？

（2005-06-03）

“谢师宴”之风不可长

日前有媒体报道，高考录取半月有余，一年一度的“谢师宴”卷土重来！惠州市区一些星级高档酒楼宾馆的“谢师宴”生意由是红火。有商家预测，8月份或将迎来一股请师摆宴的高潮。生意喜上门，想必商家自然来者不拒。而不少有识之士对此颇有微词：谢师未必非宴请！

诚然，感谢师恩，无可厚非。我们非但不该反对感谢师恩，还应十分支持和鼓励感谢、铭记师恩的形式多样、氛围浓郁，进而养成尊师重教的强烈意识。然而，仅有形式显然是不够的，“形式”的背后，“内容”应该更重要，感谢师恩的内容应该也可以是十分丰富和厚重的。毕业离校之际，收到录取通知之时，你可以给师长献一束鲜花，可以与师长来几张合影，可以虔诚用心地与师长进行一次近距离的交流，可以赠送一件不一定贵重但一定有意义的礼物，也可以将心意和敬意深埋心中，待逢年过节给师长寄几张贺卡、写几封信、打几个电话，哪怕就是一声真挚的问候或一句感恩的话语也未尝不可……用这些淳朴的方式表达师生情谊，比起那些“推杯换盏、礼尚往来”未必逊色多少！

客观而言，尊师重教乃中华几千年的传统，摆“谢师宴”，出发点当然是好的，也是对师恩铭记的一种不错的方式，如果就是十分纯粹的一顿饭的话。然而，我们往往不情愿地遗憾看到：谢师设宴，多半择地于星级高档酒楼或宾馆，一桌谢师宴，动辄千儿八百，三千五千犹显平常；一顿饭下来，少则数千，多则过万元！由此人们不禁要考量的是，如此的摆宴和赴宴，师生之间到底是在真挚叙情还是一饱口腹之欲？铺张至此，又如何脱逃奢华和世俗化的嫌疑？

教书育人本是教师的天职，设若教师执本职工作而学生摆“谢师宴”，那么推广开来，是不是其他的职业亦要摆“谢X宴”？然全社会鼓励“谢师宴”，势必又有多少家长、学生去攀比“谢师宴”之档次？一顿奢侈的“谢师宴”，无疑庸俗了原本纯洁的师生关系，似乎不经意间还助长了不良的社会风气。

还须一问：“谢师宴”，花的是谁的钱？可以确定的是，作为中学生，其自身是不具备经济承受能力的。而那万儿八千不等的“宴师费”，最终增加了经济负担的还不是学生的家长？有道是：“自古雄才多磨难，从来纨绔少伟男。”由谢师而宴请，方始告别中学校园的中学生们，即将奔赴大学校园，涉世之初，若养成大肆挥霍之恶习，不懂勤俭谦恭之美德，诚不足取！

由此观之思之，谢师之宴，此风不可长！

（2007-07-22）

【第四辑】惟文化生生不息

从来历史潮流浩浩荡荡，当代经济社会发展一日千里，惟文化生生不息。包括城市、企业在内的所有社会机构和团体，既要顺应潮流、把握趋势、敢于担当，又要与时俱进，丰富、提升、精炼自身内在精神坐标、社会责任信仰与理念向往，真正深耕自身的文化，这才是持续向前的源动力。

理念的轻飘与文化的厚重

理念这东西很玄，乍听谁都似乎明白，要完全弄清楚却并不容易。《辞海》释义一为“主意、念头、思想、计划、打算、意见”，二作哲学意义上的“观念”或“学说”。我个人粗鄙地理解，它还与“理想信念”有朦朦胧胧的关联。理念终归是与文化沾边的，没文化是没理念可言的；文化是爹，理念是儿子；文化挂帅，理念唱戏。企业的文化理念，说白了就是企业的运营风格和老板的个人做派，在很多时候和文化无关，而与理念纠结，当前大多也都有理念相对轻飘、文化欠缺厚重的通病。

按照市场经济学、管理学和社会学的观点，四流企业搞生产，三流企业卖产品，二流企业做服务，一流企业输出文化。谁不希望能成为一流企业呢？于是乎，但凡企业，都会粗制滥造、主观臆想或精雕细琢一些关于自身企业文化的东西，都要标榜自己的企业至少有那么一点文化！至于到底有没有文化，谁也很难一言以蔽之。由此而延伸，动辄冠以“文化”大盖帽的标签和做派，往往具有很大的隐蔽性和欺骗性。然文化毕竟不是白开水，若三言两语就能说清，也就算不上文化了。

世界500强的企业文化自不待言，如丰田企业文化强调“挑战、持续改善、现地现物、尊重员工、团队合作”等让人耳熟能详；中国民族企业旗帜深圳华为的“狼文化”同样如雷贯耳。远的不说，身边如惠州本土的TCL“合金式”企业文化，相信很多人并不陌生。“人是要有一点精神的”，企业也是要有一点文化的。房地产企业一般说来都是家大业大，资本雄厚，实力强大，更是不能不谈点文化，标榜和输出一点文化的。纵观惠州各路地产诸侯对企业文化的构建，愿望很丰满，践行或许却不骨感。诸如日升昌集团的“全力以赴，超越顾客期望”，德威集团的“品质之上责任地产”以及光耀集团的“业主至上、诚信自尊、重视人才、学习创新”的经营理念和核心价值观等，虽说不上十分出彩，倒也务实响亮，且不约而同地强调了一定的社会责任与担当。

作为本土房企龙头，隆生“让我们大家住得更好”的文化理念和“建老百姓住得起的好房子”的开发理念，客观地讲，还好！不过，可以更好。设若将“让我们大家住得更好”变为“让大家住得更好”，整体语境与理念伸延将在视野的宽度、界别的广度、内涵的厚度、感召的温度、传播的速度、共鸣的强度、理论的深度、辩证的角度、愿景的尺度和文化的高度上有新的跃升。简而言之，首先是更加简洁明快。从原句的九个字减少为七个字，由一条中短句变为短句，规避了“我们”与“大家”在语意上的繁复，使语感更显通畅，记忆更易明了，传播更加高效。其次是语境更幽远、多元和赋予联想。原句“我们大家”，乃指“所有人”之意，平淡无奇且语意稍显重复；新句简为“大家”，既有原意“所有人”的意思，又可做“大家者，大师也”的联想；再者，新句中的“大家”，还可理解为“大房、大宅”之意，与隆生企业房产开发的经营方向一脉相承，表里契合，此可谓一举三得。此外，新句内核如昔，意念依旧，而新意凸显，两字之减，也充分体现企业顺应市场策划营销的求新求变。

殊不知，世上唯一不变的是一切在变。从来历史潮流浩浩荡荡，当代经济社会发展一日千里，惟文化生生不息，包括企业在内的所有社会机构和团体，既要顺应潮流、把握趋势、敢于担当，又要与时俱进，丰富、提升、精炼自身内在精神坐标、社会责任信仰与理念向往，真正深耕自身的团队文化，这将是当代企业公民持续向前的源动力。

（2011-03-25）

“企业公民”当“以文化人”

在探讨“企业文化”之前，必先弄清何谓“文化”。文化，乃指一个国家或民族的历史、地理、风土人情、传统习俗、生活方式、文学艺术、行为规范、思维方式、价值观念等。何为“企业文化”？由文化之涵义延伸，便是企业的历史、行为的方式、处事的惯例、人际的关系、文化的取向以及价值观念等。通俗地说，便是指企业的行为标签是什么，价值观念是怎样，整体氛围是如何。

文化是一个十分宽泛的概念。国家有国家的文化，民族有民族的文化，地域有地域的文化，官场有官场的文化，企业有企业的文化。文化广义无边犹如公共汽车，到处有站点，任君可上落。每个企业都是有自身企业文化的，有可能内涵很丰富，也有可能流于肤浅；有可能很内敛，也有可能很张扬；有可能是积极的，也有可能是消极的；有可能是本土的，也有可能是外来的；有可能是百年老店式愈久醇香型的，也有可能是洋气奔放杂交型的。文化的多样性和企业逐利的流派性，其文化之烙印，自然不一而足。

当下中国之企业，其企业文化大多是“老板文化”。数千年来“官本位主义”和“传统家长式思维”，在企业主（老板）身上不难觅其踪影：“企业是我的，我说了算；我是老板，我的话就是真理；我就是中心，员工必须围着我转……”如此教条之下，企业文化无非就是企业的运营风格和老板的个人做派，在很多时候和文化无关；老板个体的喜好、意志、取舍、风格、学识与见地，俨然就是大海航行的风向标、悬崖边的救命绳、企业的金科玉律。作为员工，敬畏文化，不如膜拜老板；仰视老板，方能融入企业。当下国内绝大多数企业，何尝不是如此？

文化本身是严肃的，不要动辄标榜文化，企业尤是！按照当下世风不古、物欲横流的世态，但凡企业，都会粗制滥造、主观臆想或精雕细琢一些关于自身企业文化的东西，都要标榜自身企业至少有那么一点文化！而至于到底有无文化，谁能一言以蔽之？由此而延伸，动辄冠以“文化”大盖帽的标签和做派，往往具有很大的隐蔽性和欺骗性，其功利性和非正义性更应警惕。由是观之，文化无须挂在嘴边，重在作为如何。以现代“企业公民”视野审视，有方经营、创造价值、提供就业、善待员工、回报社会，一以贯之演绎、履行“企业公民”之角色与责权，便是大道、正道之选，亦使企业文化自然之生成。

企业乃组织，当“以文化人”。一个健康友爱、朝气蓬勃、有生机活力的企业，于员工而言就是一个“家”。企业与老板为员工着力创造充裕的发展机会，提供良好的上升空间，给予丰厚的薪酬待遇，用心营造温暖融洽的团队氛围，高度凝聚共同价值认同与追求，进而用文化的力量温润员工洁净心灵，舒缓员工工作压力，涵养员工积极人生，丰富员工精神世界，可持续并良性地锻造员工辛勤工作、斗志激扬、创造价值，真正文以化之、以文化人，长葆企业事业之常青，则社会幸甚，企业幸甚，员工幸甚！

（2012-03-31）

文化建设首要在于敬畏文化

文化的力量，生生不息，熊熊能量。企业文化，是企业发展的蒸汽机、原动力。自2006年以来，笔者就一直关注惠州的企业文化建设，尤其对惠州民营企业的文化建设生态长期以旁观者的姿态做比较客观而挑剔的审视。从宏观面来看，由于惠州本土企业在文化建设上的不给力，客观上造成企业大发展的乏力。归结起来，惠州企业的文化建设普遍罹患抱负不大、立意不高、氛围不佳、行动乏力的疟疾。

先说"抱负不大"。顾名思义，抱负就是志向、目标、野心、愿景。纵观全市，TCL 集团提出"成为受人尊敬和最具创新能力的全球领先企业"的发展目标，彰显出一点比肩全球"500强"的意味；德赛集团提出"成为技术领先、服务一流的国际化电子信息产品和服务提供商"的企业战略，透露出一点拥有国际视野的味道；侨兴集团则提出"打造一流的百年企业"的企业愿景，揭示其未来发展的宏伟志向。除此之外，改革开放30余年，惠州本土民营企业之中，有哪个企业的理念与愿景让人如雷贯耳、顶礼膜拜？企业发展风云叱咤广东，横扫全国，冲出亚洲，走向世界？弹丸之地，当真没有！在这个事在人为，"没有做不到，只有想不到"的传奇时代，具备了这样的土壤，却没有生成这样的森林，这不能不让人抱憾众多企业主的抱负庸常与襟怀狭小！今后，真心地希望能更多地看到惠州一些真正志存高远的企业！

又说"立意不高"。为商逐利自然无可厚非。于一域、一业而穷究利益之多寡短长，自然属井底之蛙、鼠目寸光，一般商贾而已。君不见从政之前的吕不韦亦为一介商旅，行商之始即"为天下市"，立意之高远、天下之胸襟不由得令古人今人感佩，尤其终而由商道而"大道谋国"。其与"商者即言利"，两者境界之高下，岂可同日而语？今审读国内企业海尔集团的"真诚到永远"，多少让人感觉温暖和温情；思量韩国"三星"企业奉行的"第一主义"，的确让人不得不肃然起敬。而盘点惠州的本土企业尤其民营企业，有多少企业主有那么一些傲视今古、胸怀天下、怜悯苍生、视财如粪的本色？善良的人们是多么不愿意看到从商者的几多寡德、自私、贪婪和无所畏！

再说“氛围不佳”。正如“有什么样的热土，就会有什么样热血的儿女”的道理一样，有怎样的旗帜，就会有怎样的队伍，氛围一定程度上左右着发展的指向。如深圳与人们自觉形成的创新精神，引领着深圳企业锐意改革、勇于创新；上海开放包容的特质，潜移默化地影响着上海企业兼容并蓄、海纳百川；再如东莞改革开放以来升华出来的厚德务实的城市精神，从政治、经济、文化等各方面都影响和熏陶着这个城市的人们的一言一行！惠州的企业文化建设现状，除了沾染“浮夸、自大、张扬以及自恋”等症状外，既没有在“对文化的敬畏”上如履薄冰地前行，也没有对文化建设的滞后从思想上产生意识忧患，因此城市整体的企业文化建设氛围令人无法乐观！

后说“行动乏力”。往往思想决定意识，意识指导行动。由于普遍在企业文化建设方面的思想不重视或不够重视，造成了相应行动的乏力。诸如“企业像重视销售一样重视文化建设”“以收获利润的激情一样去开展企业文化建设”“犹如守护个人尊严一样呵护企业文化建设行动”等，在惠州显然是不可想象的！惠州企业既没有这样的思想重视与高度，也没有这样的现成样板。企业文化建设之于企业，无非办办内刊、出出墙报、搞搞团队培训、健全完善制度等。现况若此，既是思想上的矮视，更是行动上的阳痿，这是惠州广大企业不能不引起高度重视并知耻后勇、迎难赶上的！

（2012-10-11）

怎样留住人?

人是最革命的因素！一个单位、一个组织、一个团队的发展兴盛，终归靠的是人！留住人，尤其是留住能人、高人，这是每一个团体持续发展中永恒不变的主题。

怎样留住人？我们耳熟能详的是“事业留人、感情留人、待遇留人”！这些几乎让我们听到耳朵长茧的说辞，当然也都是对的，而且真的让人挑不出任何毛病。

所谓“事业留人”，就是充分利用人的“自我实现的需要”的一个美丽幌子。君不见多少老板常常正襟危坐、一本正经地告诉你：“我给你一个无限大的事业发展平台，你好好干吧！”当然，不能否认，也有那么一些企业、组织，确实给员工、成员提供了一个实现理想、抱负的广阔天地，那是多么难能可贵哦!

所谓“感情留人”，就是老板与你攀交情、谈感情、结真情！人非草木，孰能无情？某位夫子不是说过“士为知己者死，女为悦己者容”吗？你在我的屋檐下，我还不厌其烦地和你谈心说情，知你、懂你、悦你、助你，甚或爱你，你就是狼心狗肺、铁石心肠，我用真心总能换你真意，终归用“感情”把你留下来，你就心甘情愿、老老实实给我干活吧！当然，同样不能否认，也有那么一些企业、组织，平素确实对员工、成员嘘寒问暖，关怀备至，老板用真诚友爱和真心实意留住了你的心，那当真是善莫大焉!

所谓“待遇留人”，就是“银子攻势”，任你铜墙铁壁，让你见钱眼开、眉飞色舞！诚所谓“有钱能使鬼推磨，重赏之下必有勇夫”，老板给予你丰厚的回报、高额的津贴，让你衣食住行出手阔绰、一掷千金，在你意气风发的惬意之下，你就向老板以及老板的银子俯首称臣，甚或奴颜婢膝了！当然，仍旧不能否认，也有那么一些企业、组织，不折不扣、真金白银无比慷慨地回报你的才高八斗、满腹才情和对企业、组织的巨大贡献，那自是上下和谐、皆大欢喜啦!

事实上，不管是事业留人也好，还是感情留人也好，抑或待遇留人也罢，很大程度上都是雇佣双方郎情妹意、各取所需、彼此交换而已。超越、凌驾于“事业”“感情”“待遇”等概念的因素，是“文化”，各团队、企业、组织、单位自身修炼、凝聚、养成、推行的文化！君不见当今世界发展潮流浩浩荡荡，然任时空变换、万事皆休，唯有文化生生不息。

用“文化”留人，这是超越物质驱动的精神引领！用“文化”分明旗帜、统一意志、凝心聚力、共赴前程，这是大家共有信念的召唤，共同理想的前行！其间，不一定一帆风顺，大家风雨同舟；不一定欢声笑语，大家同甘共苦；不一定力量宏大，大家众志成城；不一定奢靡享受，大家心甘情愿!

曾记否，刘邦就对属下说：秦二世太残暴啦，我们干掉他，然后我们仁义一点，大家一起干吧！朱元璋也曾对属下说：元鞑子太荒淫无耻了，我们收拾他们，让汉人坐回江山，大家一起跟我干吧！毛泽东也曾说过：老蒋家天下，一言堂，我们推翻他，大家一起分田地，做主人！他们的话以及他们的做法，就像白开水一样容易让人明白，就是成立一个组织让大家拥有共同的心理诉求和文化认同，然后让大家共赴前路，一往无前，生命不息，战斗不止，直至革命功成!

这一些人和事，不就是现今如某老板开个某公司，告诉大家为了共同的利润，还有神圣的企业公民责任，让所有员工一起好好干吗?

（2013-01-05）

种什么因，结什么果

《隆生》杂志的总第71期，扉页文章依旧是刘小波先生的自留地。他的《我们为什么没有像恒大那样飞翔》一文，读过后倍觉心有戚戚焉，字里行间的惭疚、遗憾、自省以及痛彻心扉，甚至还有那么一些酸楚与幽怨，让人深深觉得刘大董事长少见的一丝悲戚。际会风云多变幻，历史古今任评说；于其个人而言，25年再回首，一切已是明日黄花，物是又人非。

在我看来，小波先生这回是真正地洗心革面，做了深刻的自我反省的。其“恒大之行”，对“发展”的界定与审视，可谓感触良深，以至于深感“无地自容”，这种知耻而保持足够清醒的思想活动与理性认识，本身需要巨大的勇气与过人的魄力，敢于正视问题与不足，这是奋起后勇的心理律动，令人充满鼓舞与期待！

智者有言：听到的，不如看到的；看到的，不如悔悟的。“走进恒大”，让小波看到了“恒大”的伟岸，同时让小波意识到“隆生”的孱弱。这正是：有比较才有发现，有发现才明了距离。以参照物来评判事物，两者的高下、强弱、多少、美丑等立现。相较于“恒大”千亿级的财大气粗与气定神闲，年综合收入只有20亿元的隆生却长期自我感觉良好，诚可谓夜郎自大；相较于“恒大”16年来的开疆拓土，一路高歌猛进，稳健25年的隆生可谓故步自封，偏安一隅；相较于许家印作为“老弟”的后来居上，“老兄”刘小波则多少有些逆水行舟、不进则退的意味……

然而，自古时势造英雄，宿命从来天注定。谁人的成大功，谁人的就小业，并不全然是理想与打拼的结果；不拼不会赢，拼了也未必会赢。世界上的事，对对错错、是是非非、成成败败、浮浮沉沉，这些既有着相对的必然，也有着绝对的偶然。“恒大”的壮大与许家印的成功，这可归结为有其成功的客观必然性；“隆生”仅在惠州偏安一隅，这则更多地可理解为掌舵人刘小波的主观局限性。而成败天定，谁人功大谁人业小，不好一言以蔽之，各人的理解不一，评判更是千差万别；尤其每个人的成功均不可复制，每人的失败却是都可以寻到相同或相近的一些端倪。再者，人与人之间、事与事之间、物与物之间，很多时候并无可比性。你有你的精彩，我有我的快乐；你有你的自得，我有我的骄傲。“恒大”与“隆生”之间的差距，同样不具有可比性。用哲学的观点来说，存在就是合理的。“恒大”在广州乃至全国的存在，它是合理的；同样，“隆生”在惠州的存在，也是真实的、具体的、合理的。客观地说，“隆生”在惠州，真真就是房地产开发领域的一面旗帜！

老祖宗说，不要长他人志气，灭自己威风！不论是在什么时候，既要看到自己的不足，也要看到自己的优势。“隆生”也好，刘小波也罢，都有属于自己的主打歌。一家成熟的企业以及一个自信的企业主，当真必须有那么点“任凭风吹雨打，我自闲庭信步”的从容与自恋！毕竟，自己的路，必须自己走；自己的精彩，只能自己演绎；自己的命运，只有自己才能主宰。

信笔由缰。我之所以有些调侃刘小波先生，是因为素来自信过度的小波先生这回终于低了一回姿态，终于从灵魂深处拷问了自身思想上阶段性的狭隘与思维上长期以来认识的局限。而我之所以长期对“隆生”以及刘小波先生报以肯定并致以崇敬，是因为我一直认为“隆生”作为企业公民以及刘小波作为特立独行的民营企业家存在于惠州这块土壤，是一种信念的操持、商道的坚守以及一股正能量的传递。

君可见：过去的，终不复；未来的，要扑面迎接。刘小波此番关于“隆生”25年发展的成败得失的梳理，不论是有关于决策、执行的方面，还是有关于管理、用人等方面，问题不少，后果严重，而在我看来，这些并不重要。因为这是“隆生”和刘小波自己曾经的选择，而且已经选择了；种了什么因，就结什么果，这是自然天道，自然不可抗，天道不能违！而真正重要的是什么？是知耻后勇、言行一致、知行合一、厚德载物、大道天成！

说了这许多，作为旁观者，我唯愿“隆生”前路走好！

（2013-11-04）

房价是降还是升？

11月9日，素有“郎大炮”之称的郎咸平同志做客惠州学习论坛时说，我国制造业在丧失定价权之后陷入恶性竞争，2006年爆发危机，实体经济中大量资金流入股市和楼市，从而加剧了股市和楼市的泡沫现象。

在郎同志看来，近年来房价的疯涨，与此不无关系。也确实如此，人们理性的判断是：如今房价的疯涨已是不争的事实，接下来的升涨似乎也在情理之中。

然而，也有“不信邪”的人们认为，“房价在如今的巅峰之后将逐步回落”。其根据是国家打压房价的“国十条”、2010年10月推出的新“国五条”，以及当下争议不休的“房产税”征收。

显然，这是一种政策与现实博弈的误读。不讳言地说，我国的众多政策法规的出台，有部分是“头疼医头，脚痛医脚”，并没有真正深入事体根本，如针对房市的“国十条”如此，新“国五条”亦然，征收“房产税”犹是。因此，只要我国的制造业资金和逃避通胀的避险资金没有停止继续注入，“房产炒作依旧”，以及“房产税唯一打击不到的人就是它想打击的人”其理论在事实上成立，那么当前我国的房价在相当长一段时间内的升涨就是一个必然，“房价在如今的巅峰之后将逐步回落”的判断自然便是立不住脚的。

房价升涨的大气候如此，从地域上反弹或许各有峥嵘。就惠州的房价升降又将如何？概而言之两句话：升是主流，降是插曲。这里除了前面所述的大气候之外，左右惠州房价升涨的至少还有以下六个因素：

一是刚性需求助推房价的坚挺。惠州在全国范围来看属于三线城市，在广东属于较具活力和发展后劲较猛的珠三角九市之一，目前城市发展形势普遍为人们看好。惠州市位于广东省东南部，珠江三角洲东北端，南大亚湾临南海，与深圳、香港毗邻，交通区位优越，是中国内地除深圳市外离香港最近的城市，是广东省的历史文化名城、东江流域文化中心，在古代即有“岭南名郡”

"粤东门户"之称。惠州城市环境得天独厚，有山（罗浮山、南昆山），有江（东江），有湖（惠州西湖），有海（惠东巽寮、大亚湾），有泉（龙门温泉、汤泉），有瀑布，有山涧，有红色景点等。相对优良的天时和地利，形成了城市较高的吸引力和魅力。近些年汇聚了一批又一批来自全国各地的在惠州安身立命、创业定居的年轻人，他们是惠州当前和今后主流的购房大军，是惠州楼市刚性需求的主体，这个需求如今正呈刚猛的态势，毋庸置疑也将是今后惠州楼市可持续发展的根基之一。

二是投资客的滋扰刺激升涨。住房当下已成为一种纯粹的商品，我国政府对房地产市场的有效规划和科学管理的缺位是显而易见的，楼房的买卖已完全由市场调节，任何一个消费者都可以无限制地买进、囤积、拉高而后出手；随着国内购房投机客规模的不断扩大，越来越多的人加入"炒房"大军。继"温州炒房团"之后，远的有"山西炒房团""内蒙古炒房团"，近的有"深圳炒房团""广州炒房团"。这些有钱的"团员"们，抢占房地产这一关系国计民生不可再生的资源，通过所谓市场自我调节的"黑手"，助推各大城市的房产升值，营造虚假房产市场繁荣。房价越炒越高，老百姓的购买力越来越渺茫。客观地看，不能说惠州是各路"炒房团"滋扰、袭击的重灾区，而每年"五一""十一"黄金周，惠州市区各大楼盘聚拢的深圳客、东莞客豪爽购房的雀跃场景，相信不少惠州人至今记忆犹新。

三是"深莞惠一体化"客观上造成的房价上扬。区域协调发展是加快城市化和跨越式发展的必然选择，而《珠江三角洲地区改革发展规划纲要》的强力实施，"深莞惠一体化"进程大大加快，三地原本人缘、地缘相亲，城市化进程的加快削弱了人们对于行政区划的区域概念，一体化进程加快则淡化了三地人们的消费置业的空间概念。深莞惠三地，惠州是洼地，三地人们在惠州置业购房自在情理之中。三地城市一体化的进程也是三地人们消费思维扁平化的过程，这个过程在客观上自然而然造成洼地惠州房价的上扬。

四是珠三角经济圈整体房价的价位平衡拉动。惠州是珠三角城市俱乐部的一员，这是不争的事实，存在的争议在于惠州的消费和收入的正比关系在珠三角是否最为悬殊。横向比较看，消费方面，吃喝玩乐，惠州不亚于穗深莞，而收入方面与穗深莞差距较大。从立体上看，类似住房一类的大宗置业消费，穗深莞与惠州的梯级层次特征明显，放眼珠三角地区，惠州的房价无疑具有巨大的吸引力，珠三角经济圈整体房价价位的相对均衡对惠州房价的拉升客观上不是没有可能。而问题恰在于，惠州的整体收入水平与节节攀升的房价非但不是相互适应的，反而极大地挫伤了普通消费者的积极性，加大削弱了本地购房者的购买力，并从整体上拉高了城市的综合消费成本，形成“低收入、高消费”的恶性循环。

五是惠州城市发展延伸出房价的自我提升空间。发展是硬道理。惠州城市近几年的发展成绩有目共睹，天更蓝，山更青，水更绿，楼更高，路更宽，人更多，城市硬件建设如惠州文化艺术中心、惠州科技馆、惠州博物馆、惠州会展中心、惠州奥林匹克体育中心相继投用，城市更洁净漂亮，更具活力和魅力。与之相适应的是，宜居宜业宜创新的程度更高，空间更大，氛围更浓。惠州城建的大刀阔斧、城市面貌的日新月异和城市经济的快速发展，连锁推动了城市房价提升的空间。

六是惠州房产商的心理价位落差促成强烈升涨欲望。逐利是商人的本质特性，房地产行业作为暴利行业之一，苛求房产开发商“小胃口”应该很难。不客气地说，最想房子涨价的是谁？无非是地方政府和开发商！要房产开发商降价或不涨价，无异于虎口夺食。惠州的房价与珠三角地区，尤其穗深莞相比，无疑是“便宜的”；对穗深莞的购房客而言也无疑具有巨大的吸引力；对惠州的众多房产商内心的隐秘而言，“不求最好，但求最贵”应该就是他们不可言说的“心迹”。在惠州的房价与珠三角地区房价的差价刺激之下，心理价位的落差无法避免地点燃其强烈的升涨欲望。

综上所述，惠州的房价，当前及今后数年，主流是涨价；插曲是不涨价和降价，而这个插曲，基本可以忽略不计。

（2010-11-10）

开发商“玩的都是概念”

留意了一下近期最新楼市调控，有“首套房贷一刀切，比例提至30%”“暂停发放第三套房贷”“我国将加快推进房产税改革试点”“部分城市限购房套数”“囤地捂盘房企停发股票债券不给贷款”等关键点，说的和听的都让人觉得很玄。房事的“玄事”，也不是一天两天、一件两件了，这次估摸着仍是“人在做，天在看”而已，事实如何，天知道。

据权威调查表明，大多的消费者是不关心这些“国政雄策”的。这东西太唬人，偏偏广大的消费者都是被唬大的。他们关注什么呢？是直观的价位和品质。在他们（包括我）看来，现在开发商卖的房子，成本是能省就省，质量是能蒙就蒙，品质是能低就低，价格是能涨就涨，楼距是能近就近，楼层是能高就高，建筑周期是能短就短，小区绿化是能少就少，康体设施是能减就减，手续工本是能加就加，售后服务是能躲就躲，物业管理是能拖就拖，实用率是能假就假……开发商们的忽悠本事，比起国足们玩假球的水准，那是高了去了。

这些也就罢了，尤为不能让人忍受、让人忒窝火的是开发商还特喜欢“搞”文化、“玩”文化、“秀”文化、“蹂躏”文化，甚至“强奸”文化，每推出一个新盘，折腾的全是狗日的“概念”。

折腾的都是些什么概念呢？或动辄冠之以“CBD”为卖点，彼为“CBD”，此亦“CBD”；你方“CBD”登场，我方“CBD”落幕。城市处处有“CBD”，到底何处是“CBD”？

或冠之以“中央”之名，这也“中央”，那也“中央”。“中央”就只有一个，你硬要“另立中央”，房子的江山，你欲叛欲乱乎？

或美其名曰“首席”，今天推出“首席”，明天推出“首席”；一期项目有“首席”，二期项目还有“首席”。“首席”非唯一，还叫啥“首席”？

更有甚者，一座数十层高的大楼而已，居然冠之以“王府”。王者，霸天下也；“王府”者，王者之家也。王者府邸，放眼处，或墙或柱或檐，处处悬挂诗书绝句名画，尤其雕龙画凤，亭台楼阁，廊庭水榭，园林清幽，假山活水，绿树红花不在话下；府内碧池中莲花朵朵、鱼群嬉戏，园中僻静处珍禽歌唱、猛兽咆哮。如此诸般景致，但无残缺。而区区一座数十层高的大楼，钢筋水泥垒起来的几十层房子而已，既无“王”的尊崇，又无“王”的显耀；既无“王”的文化，又无“王”的气质；既没有“王”的意象，又没有“王”的载体，何“王”之有？何霸之有？如此区区一幢洋房，与“王”何关？如此寡廉鲜耻谓之“王府”，当真昏聩、可笑，何其无知哉！

此外，还有“领御”“江山”“荣耀”“名郡”“公馆”“城堡”以及“首府”“豪庭”“帝景”“御园”“御都”“御景”“铂爵”“庄园”等等，举不胜举，不一而足，均无非再普通不过的商品房而已，硬是生搬硬套奢望与帝王将相、达官显贵攀龙附凤，或明目张胆，或遮遮掩掩，或羞羞答答地和所谓的“尊崇”“贵气”勾勾搭搭，唯恐别人知道本身“农民本色”，唯恐消费者挑剔自身没有“文化”，削尖脑袋往中产阶级投怀送抱，绞尽脑汁去沾染点末代贵族的气息。如此的矫揉造作、如此的闹心折腾、如此的掩耳盗铃和如此的“皇帝新装”，当真是画虎不成反类犬也。

不是刻意打倒一片，更不是有心与地产商们为敌。不客气地说，截至当前，惠州的房产开发的品质整体上还处于初级阶段，还停留在建房子（生产产品）、卖房子（卖产品）的层次，那些有意无意中糅合进的一些地产概念元素如产权式公寓、教育地产、酒店地产、商业地产等，都是被动式地照葫芦画瓢，没有多少真正来自自身开发理念上的自觉执行，纯粹的地产文化的含金量都不高，以致惠州本土一位地产大佬与我海聊时都不自觉地慨叹“惠州绝大多数的开发商们都去玩概念了”！

“概念”是严肃的，是被严谨订正而后才能形成的。把“概念”拿来把玩、戏耍，用于玩噱头以吸引商业的眼球，这既不符合科学严谨、务实诚信的商业精神，也不是踏踏实实做企业应有的负责任的态度。开发商都忙着在“玩”，这不是挑衅购房者的智商，调戏购房者的是非判断吗？这不就是在忙着忽悠消费者吗？

说了这么多，乍看似乎惠州的房地产发展一无是处，惠州的地产开发商全无好手。是这样吗？当然不是。本土地产如隆生，踏踏实实二十余年，深耕本土，品质较好，务实自律，值得信赖。外来地产如广州合生创展，其惠州代表作市区江北东江大桥旁的帝景湾住宅区，成功打造惠州城市高端人居项目。

末了，所谓“衣食住行，柴米油盐酱醋茶”，住房与普天下的人们日常生活紧密相关，房产开发更是关乎国计民生。而房产开发干的是“大买卖”，挣的是大钱，开发商们致富思源、富而思进，这是绝大多数人们的良好愿望，只可惜人们美好的愿望往往落空。我在略带失望，又继续充满希望的复杂情绪中憋出这几句“七言格律”，诚与开发商们共勉：

不意出其空微茫，缥缈哪得上青苍？

坑蒙拐骗皆下作，率真本心是参汤。

商旅不闻诚何物，亿万资财如粪扬。

了却虚浮春秋梦，百年老店尽儒商。

（2010-11-02）

赢了知名度，砸了美誉度

端午节即将来临之际，由市区光×·×俪湾策划的主题为“真的大白鲨来了，胆小者勿近”楼盘营销活动，在端午假期掀起楼盘促销的空前“热浪”。由于该活动之前在报纸、广播、电视、公交站牌、户外广告等媒介铺天盖地全方位进行了预热，事实上不能不激起数以十万计的市民期待。6月4日～5日，数以万计的市民或搭车或驱车前往“凑热闹”，以致造成活动现场周边的市政道路大塞车，人气的火热丝毫不逊色于炙烤大地的太阳热量。

客观地说，从营销策划的角度看，主办方通过这次活动，其营销意图是完全实现了，而营销的效果如何不得而知。可以确认的是，与主办方的喜笑颜开形成鲜明反差的是，数以万计的市民带着十二分的期待去，却带着十二分的失望回，尤其是那些对凶残“大白鲨”充满好奇神往的众多小朋友无不感到灰心与丧气。

市民何以失望？小朋友何以丧气？是活动现场与现场的景象与之前的期待完全对不上号！该楼盘此前的活动宣传中提示，届时可看到海中狼“大鲨鱼”龇牙咧嘴，凶残捕食，而现场却只有一条数公斤重的小鲨鱼在展厅的水族箱中悠然自在、可爱温和地游弋，偶尔因为摩肩接踵的人群的喧闹和小朋友的哭闹表现出一点点烦躁；宣传提示活动中将有身形硕大、极具杀伤力的重300千克的食人鳄，而现场只有一条半死不活的鳄鱼躺在铁笼子里，任凭成千上万市民的百般挑衅却半天一动不动；宣传提示活动中将有“千年神龟”现身，活动现场“神龟”似乎如同人们过端午般休了假，根本无法觅其踪影，更遑论一睹“千年神龟”的真容；宣传提示中还说有热带海洋美丽的尼蒙鱼、神仙鱼、黄火箭、大帆吊、玳瑁……而现场仅有的几个水族箱中，稀稀拉拉地游弋着可数的一些热带不知名的鱼，远不如一些大型商超摆设的水族箱的鱼类丰富。此外，宣传提示还有游艇体验、100台空调扇抽奖以及热气球远眺。不错，热气球现场倒是有一个，只是只能原地升空两三米，一次容纳八九人，不知如何让人远眺？而游艇体验与现场抽奖，数万市民估计只能现场做做梦，要“体验”是不可能了，因为现场也没找到游艇的倩影；而区区一百份奖品数，与数万市民的中奖盼头何其悬殊，不吝是奢望！

6月4日与6月5日确实是好日子，太阳高挂，烈日炎炎。难忘的这两天，数万市民除了在活动现场忍受烈日炙烤留下一些纸屑杂物以及杂乱无章的无数脚印，当然还有对“光×·×俪湾”这个“美丽楼盘”名字的记忆，除此或许还有愤懑与后悔，以及懊恼为何要凑这么一个热闹！

市民的不满之余，活动组织方在收获巨大的知名度外，不知是否还该做其他的感想？不否认我们今天俨然处于诚信稀缺的时代。当今市场经济条件下，在社会普遍强调企业公民责任、强调企业社会责任担当的背景下，如此公然地、丧心病狂地以虚假广告宣传，对广大市民、消费者进行误导与欺骗，何其胆大妄为，功德心何存！

诚然，公德心尚且不顾，又何能寄望于企业公民的良知与责任感！除了上述宣传内容与活动现场严重不符外，现场组织与危机应对也同样让人跌破眼镜。如一个咨询台设在偏僻处，几个男女小青年在太阳伞下懒洋洋地无精打采，对有关活动组织安排事宜一问三不知；活动现场数万人，活动流程指示一概踪影难觅；现场市民大多举家出动拖老携幼，一旦发生踩踏，后果不堪设想。而现场对老幼妇孺的必要关照、医疗保障、消防救援、应急通道设置与突发反应等，均无法得到确认以及寻求到帮助。到处人山人海的现场，市民除了向可数的一批保安咨询，再找不到现场工作人员可供对话……

从铺天盖地的狂热式的预热宣传开场，到数以万计的市民骂骂咧咧、牢骚抱怨结束，“真的大白鲨没来，被骗的我们靠近”所留下的话题远没有终结，而可以肯定的一点是：赢了知名度而砸了美誉度，这种营销策划又怎能谈得上成功！

（2011-06-05）

给外来工多一些人文关怀

国学大师钱锺书说，因有了感情，人才成为鲜活的有思想与理性的高级动物；没有了七情六欲，人和行尸走肉也就相差无几了。诚哉斯言！

诚以为，人与人之间，平常时候的感情，可以是一份信任、一次支持、一些理解或一心包容；而更多的时候，是平心的友爱和点滴的关怀！在人心不古、人情淡薄的今天，激扬人文的情怀和人性的向善显得何其弥足珍贵！

城市的天空下，就在我们不经意的身边，有那么一群人，一直处在社会的底层，生活在城市的边缘，为主流社会所忽略，是社会的弱势群体。他们就是——“外来工”。

有人说，外来工是社会主义市场经济发展过程中的必然产物。20世纪的中国大地风雷涌起，中华民族一朝觉醒，一个伟大时代迎来履新。当神州处处点燃起无数“城市运动”的烽火，当城市的迅猛发展与当地劳动力的稀缺成为尖锐的矛盾，在“发展才是硬道理”和“效益就是价值”的召唤下，无数农村的农民蜂拥入城市，农民摇身变为产业工人，于是有社会经济学家将这些产业工人称为外来工。

外来工无疑是一个特殊的群体，至少当前中国的现状是如此。即便社会学家们也不否认，外来工社会地位低下，处于社会的底层，是社会的弱势群体；外来工的生活困苦，身心疲惫，心灵孤独，所处的工作和生活环境恶劣，业余文化贫乏，情感生活苦涩。

无可抹杀的是，外来工却是地方经济发展一支不容忽视的重要社会力量。他们在为自己谋生创造效益的同时，也为社会创造了巨大的财富。当前来惠的外来工有据可查的超过400万人，他们为惠州地方经济的发展做出了不可磨灭的巨大贡献；而在现实的层面，有良知的人们不禁要问：全社会对外来工的关注、认同、包容到底有多少？对外来工的轻视、歧视、漠视乃至诸多不平等，全社会对这类现象的批判与贬斥又有多少？

同在一片天空下，同享一片阳光，关注、理解、支持外来工，应形成全社会的一个共识；同饮一江东江水，同说一口普通话，包容、爱护、尊重外来工，应成为全社会的一个氛围！城市的繁荣是由千千万万个建设者和劳动者的辛勤与汗水共同造就的，同一个城市各阶层的人们，理应多一些爱心的付出，人与人之间理应多一些人文的关怀！

真心祈愿生活和工作在惠州城市中的外来工们真正站起来，开怀起来！

（2007-12-11）

企业为何“招工难”？

最近常常听到一些企业朋友抱怨：“现在招工真难！”

企业招工为何难？难在哪？客观地看，“招工难”，当中不排除有诸如近年来来粤人员数量减少，各地经济发展人员需求增大等宏观上的因素。但从企业“普遍存在招工难”的背景进行考量，则政府和企业的角度、城市人文氛围和个人事业发展空间等层面，是否有应该反思和检讨的地方？

造成企业“招工难”的现状，成因自然不少。首先是薪酬低；其次是城市不平等待遇；此外，与近年来就业岗位增加而供求矛盾加剧，技术工人短缺，农民收入增加使务工压力减轻等，都有一定的关系。

企业“招工难”，一言以蔽之，潜台词就是人才流动不顺畅。而人才流动不顺畅，很大程度上是城市吸引力不强。一个城市缺乏魅力，导致外来人员稀少，最终的结果就是企业招工难度增大，用工紧张，进而使企业的经营效益受影响，阻滞企业的良性发展；企业的生产、经营、效益受损，反过来又制约城市的整体经济发展水平。事实上，“招工难”已不再是一个简单的经济领域的问题，带来的将是连锁的社会反应。在“人力资源是第一资源”这一观点早已经成为人们共识的今天，一个城市“招工难”的现状，本身就说明经济社会的发展潜伏着危机。

诚然，破解“招工难”的办法或许有千万条，而如何真正吸引更多外来工“落户”，如何留住人并留住心，如何提升城市与公民的人文情怀以及更加善待外来工，如何让外来工孩子在城里更好地读书，如何及时支付外来工工资，如何加强外来工职业病防治，如何加强外来工维权等，地方政府和企业是否还有更大的作为空间？

（2008-04-05）

让素质的鲜花长开不败

什么叫素质？著名德育专家周之良先生认为，从生理学、心理学的角度来讲，素质是人生来所固有的特征；泛化的素质概念是指一贯具有的基本品质，或者说是潜能；素质是长期起作用的。从某种意义上说，素质高低是衡量一个人、一座城市或一个国家文明程度的重要元素和标志。

用历史学家黄仁宇的话说，人类社会的发展史，说白了就是整个人类文明与文明程度的进化与提升的全过程。而“文明”与“文明程度”就是道德与素质的范畴，道德与素质之间具有十分亲近的“血缘关系”，它在我们中国人的意识思维与概念逻辑中，两者又有相当程度的等同与互通，可以说是“你中有我，我中有你”的交融。很显然，文明、道德、素质都是十分宽泛的概念，是人们的意识形态和约定俗成的行为操守、准则的抽象表达。

时至今天，素质建设仍将是一个长期性的工作，是一个必然涉及全民性参与的浩大工程。抽象的“素质”无法物化，却具体地潜伏于所有的社会集团或人群之中，每一个社会个体都在有形与无形中或感受，或接受，或拒绝，或制约着“素质”的存在，因为人作为个体不可能脱离于社会意识形态。在社会飞速发展和人的文明程度不断提高的21世纪，在今天尤为张扬精神文明、物质文明与政治文明的旗帜下，理性、警醒、自觉、热情地参与到全民素质建设大潮中来，这不仅是作为现实的需要，也是人类发展的历史需要，同时也是社会不断进步的大环境中作为个体的主人翁应有的具体行为表现。

现实警示我们，素质建设最核心的内容就是进行爱国主义和民族主义教育。在具体的实践过程中，党和政府的引导十分关键，舆论的导向也有利于“推波助澜”，尤其在时下全社会着力进行政治文明建设的征程中，大力强化全民素质（当然包括公务员素质）的建设，从战略的高度，更是关乎中华民族的伟大复兴、国家的繁荣昌盛。在此，我们谨以“素质”的名义，用微弱的声音疾呼：中国社会的素质建设不应只是流于喊口号、讲理论、走形式，我们不要花架子，不要空谈，要真正地实事求是地体现与落实在具体的大大小小的行动中来！

我们欣喜地看到，当前惠州的素质建设正接连掀起一个又一个高潮。政府的层面，近年来如滨江公园的建成、合生大桥的建设、慈云图书馆的建成开放，尤其“四东文化”的系统研究与开发等，惠州大地的上空，立党为公、执政为民的旗帜高扬。来自民间，全民素质研究会在全国的首创成立，惠州慈善基金会的投入运作等，全民的觉醒与参与的热情让人欣慰！

惠州素有“人文古邹鲁，山水小蓬莱”的美誉，历史与人文的底蕴十分厚重。我们衷心祈愿：罗浮不改，西湖常绿，万种风情终会有淡色，惟文化、精神生生不息！在当前惠州全市上下一心努力创建“全国文明城市”的目标指引下，在全市人民众志成城全力打造“现代石化数码名城”的壮丽征程上，唯望道德建设的绿树长青，素质春天的鲜花长开！

（2005-09-21）

探访古镇石龙

有人说，石龙是东莞的，亦是广东的名镇。石龙之“名”，首在其厚实的历史沉淀和文化积蕴。“石龙今日市廛开，车马纷纷涌进来。午后酒阑人尽散，白马依旧锁苍苔。”石龙古时开墟之繁华，有数百年前的诗为证。远不说，在清代，即与广州、佛山、陈村齐名，被誉为岭南四大名镇。

一个风和日丽的春日上午，怀着景仰与向往的心情，我们一行三人驱车前往，欲亲身体验真实的石龙。令我们意外的是，按着地图，我们锁定须要拍摄的目标如欧公祠、文甫烈士纪念亭、孔杜桥、林氏宗祠、禄丛公祠、古玩文化街、竹器街……而沿路众多醒目的路标牌，硬是没有一个古迹或景观的路识标记，作为“生地外人”，我们只有一路驱车、一路问人、一路寻找。单就一条竹器街，我们便兜了好几条街，好不尴尬与狼狈。

坦诚地说，我去石龙的次数不多。用现时代的眼光来看，石龙的经济发展得应该不错，整齐划一的街道，鳞次栉比的高楼，工业文明的旗帜分明。而让我们感到无奈的是，在石龙转悠，那处处曾经鲜活的明清建筑、近代革命遗址，散落在城区，淹没在一片片现代高楼或民房之中，每拍摄一处景观，都费了我们不少的心力。

倒是石龙新“现世”的浮雕，颇值一提。壮观的阵势，精致的雕工，每一个画面或记载了一个故事，或浓缩了一段历史，或篆刻了一份情怀。一个细节，就是石龙的一首诗、一幅画、一个印记。一位老人告诉我们，这里是石龙昨日沧桑的历史再现，是时光流逝的见证。

搜览中，当地的老人告诉我，古时石龙的“街”特多，且当时都声名震铄。尘封历史中那些曾经的繁华如竹器街、织箩街、青竹街、竹篙街、鞋街、果合街、棉花街、弹花街、豆豉街，而今何觅？

这又不禁让我想起香港中文大学一位教授的话。他说，18世纪以后，人类社会的工业文明恣意蹂躏了数不清属于古典与传统的精魂，于是古代文明在现代的实用、现实与功利主义中灰飞烟灭。君不见，城市一栋栋摩天的高楼不就迷失了许多人慵懒的视线？终有一天有人会问：石龙今天是否遗失了些什么？

且平常心度之罢！遥想当年，石龙的火柴、石龙的竹器，也享誉海内外，有口皆碑。事实上，石龙不乏“名”，不乏文化，也不乏历史，关键是如何将历史与文化有效整合、保留、继承与弘扬，这正是：“古之‘名’不爱，今何以‘名’？”当前东莞不正在全力打造文化新城吗，笔者不禁要问：今天石龙在做什么？应当做什么？这想必亦当严肃深思罢！

（2008-08-06）

将文化进行到底

新时期，东莞市适时提出打造“文化新城”的号召。框架多次形成，思路一再斟酌，定位再三调整，理念挺新，内涵也丰富，最主要的还是相对比较切合实际，不是空话，有内容，可以达到目标。

东莞建设文化新城与建设现代化文明城市应该是一脉相连的。而文化新城、现代化文明城市和东莞建设“IT新都”的城市定位，正是一个城市文化与经济的交融。东莞最新描绘的文化新城的内涵定位是这样说的：“用5~10年的时间，把东莞建设成为具有较强文化影响力、辐射力、竞争力，城市精神昂扬向上，群众素质极大提高，文化事业产业发达，文化市场繁荣有序，文化精品日益涌现，文化品位不断提升，文化生活丰富多彩，文化经济发展壮大的文化新城。”

有评论就这个定位解读认为：一是明确了文化的经济属性，使文化通过市场传播，而不仅限于文化人的“耍弄”，使文化有了更坚实的群众基础；二是在对于目标的表述上措辞谨慎，如“较强”“日益”“不断”等，笔者也深以为然。

未来城市以文化论输赢。时任中共东莞市委书记佟星在公开场合说：“物质是城市的基础，文化是城市的灵魂，经济是城市的实力，文化是城市的魅力，经济建设创造城市的现实财富，文化建设最终决定城市的历史地位。”于是，全市的文化建设进入了一个从未有过的高潮。

肯定地说，东莞是我国经济最发达的地区之一。而东莞和东莞人遭外来的骂名委实不少。比如对个别整天无所事事，沉迷于麻将，有劳动能力却不务农、不读书、不经商、不做工的农民叫“四不”农民；比如对城市，谓之“农民的城市”；比如对城建，称“村村是城镇，镇镇是农村”……所有这些“东莞现象”，统统被戴上了“没文化”的帽子。于是听到对东莞最多的评价就是：有钱，没文化。

穷则思变，富则思进。东莞该是时候“变身”了。

有学者认为，文化差异是城市发展中的主要矛盾。东莞的今天在20年前是无论如何也无法想象的。东莞今天所取得的巨大经济成就堪称奇迹。经济上的辐射与文化的渗透是相互适应的。东莞应该是包容的，尤其对于外来的文化，东莞以十分开放的姿态和海纳百川的包容心胸广采厚收。在本土与外来之间，东莞的“兼容”性特点十分鲜明。

如果说，文化提升是城市发展的最终任务，想必没有人会反对。城市文化如此重要，首先要有文化提升的任务。不过文化提升和物质建设发展的要求有很大不同。物质追求很具体，可以提出指标分别落实到每个单位、集体、企业去执行，然后加和就是全市的成绩。文化的提升不能如此简单操作。文明的进步是一个渐进过程，是一个社会群体共同进步的成果。不是在一个小单位几年时间里就可以达到和“评”出来的。它是涉及每一个人观念、知识、艺术修养提高的软件系统工程。

结合城市特点，专家建议在对待城市文化时，需着重研究城市精神文化与文明、城市建设文化与文明、城市产业文化与文明、城市消费文化与文明、城市政治文化与文明。

为了达到城市精神文明、建设文明、产业文明、消费文明与政治文明的提升，需要采取的根本措施主要是软硬两个方面。软的就是教化，硬的就是代表先进文化兴办文化事业和产业。

比如樟木头镇党委就想到了麒麟舞。麒麟舞的“生死”看似无关紧要，实际上却是关乎群众切身利益的大事。樟木头镇“抢救”麒麟舞，由镇里出资力邀民间艺人“出山”，组建舞麒麟的队伍，请专家前来指导，对麒麟舞在道具、套路、造型等方面进行大胆改革。“复活”的麒麟舞受到了群众的喜爱。除麒麟舞外，近年来在东莞全市“复活”的还有狮子舞、粤剧曲艺、客家山歌等。

于是人们看到，东莞的文化新城建设正大踏步走来！

（2004-08-04）

把根留住

在中国，不同朝代，作为权力象征的交椅是什么样子？迎亲嫁娶的花轿背后有多少故事？“三寸金莲”所穿的鞋子究竟有多小……在东莞樟木头，当我们穿越这个弥漫着檀木香味的冠和博物馆后，所有答案了然于胸。

馆藏丰富与否，须参观之后方知。而让一般人感到新鲜的是，博物馆居然是由私人开办的，冠和博物馆的主人就是一个名为苏永友的“生意人”。

据说，该馆成立于2000年9月，现地处东莞市樟木头镇莞惠大道中心广场三楼，全馆占地面积三千多平方米，是东莞当时唯一的一家私人拥有，也是全国第一家古典家具展览为主的博物馆。全馆共有大小藏品近千件，除了以明清家具为主打的古典家具外，另外还陈列有兵器、陶瓷、木雕、根雕、古乐器、民间工艺绣品、古代农村生活用具“文革”时期纪念品等十几种类别。

全馆分十一个区域，分别为紫檀区、大长条案横匾区、民初区、兵器区、乐器西洋“文革”区、木雕石雕砖雕陶瓷区、大床大柜区、紫砂方桌佛龛区、根雕区、生活小区农村生活用品区、免费区和大厅。

大厅是全馆的中心区域，所有展区都是围绕大厅布局的。展馆工作人员说，该区域的展品不多却是精品，如“根雕九龙戏珠”，是全馆展出的根雕展品中数一数二的佳品。在我看来，博物馆虽小，但里面藏的乾坤大。置身其中，移一步，生一景；一回头一前望都让人生出许多遐想。每一件文物，都是浓缩的一处文化，每一处文化又是一份真挚久远的情怀。

不能忽略的是博物馆的主人苏永友。苏的祖籍在福建，作为生意人，苏先生是冠和集团公司的总裁，他有着商人的精明与睿智。而与很多商人不同的是，他有着自己独立的价值观和别样的怀旧念旧情结。

某个意义上说，收藏就是一种情结，一种偏执与专注。苏永友从小长在比较有“地位”的世家，自小耳濡目染，家庭氛围的熏陶对后来品性的陶冶不能不说是一个重要因素，而苏的那份在今天看来多少有些弥足珍贵的思乡情怀，不知让多少人汗颜？“生活在城市的很多人，都是匆匆过客，无根，或者为名为利，赚足了钱就回老家，没有多少东西可以挂牵，这样不好。”

（2004–08–09）

东莞110年（1839—1949）

“月泻银河千百亿，梦幻神驰，脉脉谁留意？此去无由青史记，千言万语长相忆。 云梦追逐东海际，放眼秋空，执手星光绘。水色硝烟长箭倚，风雷涌起冲天锐。”

——《凤栖梧·献给新虎门》

中国的近代史，由虎门销烟开始。

虎门销烟，属于全世界，属于全中国，属于东莞市，属于虎门。

一个半世纪的风云，几代人的光荣与梦想。多少硝烟，多少战火，多少血肉，多少风华，都浓缩成今天的记忆。历史，不容忘怀！

人们不否认，1839年 6月3日至25日，林则徐、邓廷桢在海滩当众销毁鸦片20283箱，这便是震惊中外的“虎门销烟”。销烟虽然没有一下禁了鸦片，但是唤醒了中国人民的自强！

人们不否认，1840年5月，第一次鸦片战争爆发，虎门成为主要战场；9月，林则徐、邓廷桢遭诬陷被革职。有识之士和所有爱国的人们含悲。然而，英雄的名字已经传扬海内外，中国从此高扬起改变半殖民地命运的旗帜！

人们不否认，1841年1月7日，英军攻沙角、大角炮台，副将陈连升父子战死，守兵伤亡700余人。虎门出海口的海水嫣红，就是那中华好儿女抗击敌寇英勇悲壮挥洒的滔滔热血！

人们也不否认，1856年10月，第二次鸦片战争爆发。英军攻虎门、横档各炮台，又毁大角炮台及亚西娘炮台，接着攻东莞，千总邓安邦率领团练英勇抗击保卫莞城。民族烈士的血肉虽然无法抵挡“洋鬼”的“船坚炮利”，而烈士的英魂在莞人心中竖起了无数的丰碑！

所有的语言汇成一句话，中国的近代由虎门开篇。正是“虎门销烟”，唤醒了近代中国这头沉睡的雄狮，唤醒了千千万万要“站起来”的自强的灵魂。

虎门销烟是中国以“最民族”的方式向世界的宣言，是雄狮睁开惺忪睡眼向世界的暗示。正是这一把民族气节的火、民族觉醒的火、民族反抗的火、民族自强的火，让世界了解了中华的民族，领教了强悍骨气的中国人，从此也知道了属于世界、属于中国、属于东莞的虎门。

中国的近代史，有东莞绚丽的风采！

人们清楚地记得，1894年，中日战争爆发。次年，清政府与日本签订《马关条约》。东莞人民同全国人民一样悲愤。众志成城，同仇敌忾。东莞人民自发踊跃捐款，支持台湾人民的抗日斗争，尤其报名参加志愿军者甚众，仅莞城就有五六十人参加，全县不下千数人。志愿部队到达台湾后，取得三战三捷的胜利，遗憾的是战争的败局已无法挽回，过千志愿兵全部惨遭杀害，两岸同胞血肉相连，尸骨同堆长眠泉下。

人们清楚地记得，1898年4月21日，英国迫清廷重新签订《展拓香港界址专条》，将九龙租给英国，租期99年，专约定“新界”。4月28日，九龙、元朗、大埔、锦田人民抗英武装与英军激战于大埔，东莞雁田500人赶往支援，敌死伤数百，为两岸同胞并肩作战再添一佳话。

人们清楚地记得，1900年，英军越河占领深圳，雁田人民誓死抗英。东莞全县有数千人组成志愿团前往支援，夜袭英军营，把英军驱赶到深圳河以南，可谓痛快淋漓。

1902年9月，开办东莞学堂。1904年，经全省学务处定名为初级师范。1906年正月，改办中学即东莞中学，地址在城内考棚，自此开东莞学制新风。

1911年，革命风云四起，清吏下令戒严。9月19日，张维、李仁荪等率东莞军民武装起义，县令刘厚相投降。20日，陈逸川、刘肇怀等自宝安率国民军入东莞。10月，推举莞人黄侠毅为民国东莞县第一任县长，东莞进入“新纪元”！

中国的近代史，有东莞自豪的激情！

人们不会忘记，1919年6月，北京五四爱国运动的消息传到东莞县城，东莞中学、县立第一高等小学的学生积极响应，举行罢课示威游行，并开展抵制日货运动，爱国的热情在莞邑大地扩散。

1922年6月16日，陈炯明在广州叛变，东莞遂为陈部治下；7月2日，陈炯明到石龙部署所部堵截回师的北伐军。1923年，孙中山以大元帅名义，亲自督军讨伐陈炯明，大本营曾设在石龙，先后多次到石龙布置和指挥作战。古镇石龙留下了国父孙中山的不少逸事。

1925年1月，广东革命政府出师东征陈炯明。2月3日，蒋介石、周恩来抵虎门，5日抵莞城。6日，周恩来出席东莞商务分会举行的“欢迎东征军大会”并发表演说，总理的音容笑貌定格在莞邑大地。

1938年10月12日晨，日军在大亚湾登陆。20日，东莞壮丁常备队和模范壮丁队在峡内阻击日军，史称“榴花战斗”。23日，日军占领虎门要塞，沿莞太公路进犯。11月19日晨，国民党军退出莞城，县政府隐避于石马。20日，莞城沦陷。国耻要雪，国耻不能忘。

1943年12月2日，广东人民抗日游击队东江纵队（简称“东江纵队”）成立，（司令曾生，副司令兼参谋长王作尧，政委尹林平，政治部主任杨康华）从此翻开了东江军民抗击日寇的新篇。

人们不也会忘记，1948年3月，人民武装东江地区部队整编，成立广东人民解放军江南支队，护乡团第三大队扩编为江南支队第三团。1949年1月1日，中国人民解放军粤赣湘边纵队宣告成立。14日，江南支队第三团改名为东江纵队第一支队第三团，东江地区的神圣抗战迎来“新天”！

…………

当鲜艳的五星红旗在英国古战船上升起的时候，在英吉利海峡上的中国人用心唱出“起来，不愿做奴隶的人们，把我们的血肉，筑成我们新的长城”的时候，人们感受到了胸中奔腾的热血和无比的骄傲！

曾几何时，英国侵略军的战舰是何等地凶残，蹂躏中国的土地，蹂躏中国的民众，虎门炮台的硝烟，塘沽海岸的枪声，令人记忆犹新，世代不忘。而历史记忆中的那个纷飞烈火的弹丸小东莞，今天已经成为“世界制造业新都”！

欢唱吧！历史终于警醒了沉睡的巨狮，“落后就要挨打”！前仆后继、浴血奋战的中国人，终于在1949年10月1日站了起来！如今的中国人不再是1840年鸦片战争时的“东亚病夫”，任何一个有骨气的中国人都是顶天立地的真我英雄！

（2004—11—11）

“赵佗将军”是我们的精神丰碑

生活在拥有几千年历史的中华传统文化土崩瓦解、支离破碎、面目全非的今时代，无疑是不幸的；而生长于华夏一隅的岭南大地，却又是较为安慰的，这是缘于现代岭南人中的原住民皆是先秦子民的后裔。

公元前219年，秦始皇帝为开发岭南，大举从中原向岭南派遣50万军民。秦亡之后独立于汉的南越国，核心族群就是由中原入百越的50万军民，今天血性的岭南人，是真正的中原汉人后裔！划破历史时空弧线，南越王赵佗将军，就是当年南越国的现实巨人，也是今日乃至未知的未来岭南人的精神丰碑！其维护华夏文明统一的铮铮风骨，宁舍小群之利而顾全大局的天下胸襟，精神的不朽如日月同辉。

今日我们岭南人雀跃于作为先秦子民后裔的荣耀，正是居于中原腹心者如河南。这片土地，历史上曾经发生过多少战火的洗劫和惨绝人寰的杀戮啊，商周时代以来其作为华夏正统的地位何以印证不是似是而非？

作为华夏子孙，我们对真实的历史与纯洁华夏文化的传承责无旁贷；对历史的巨人和现实的伟人，我们必须感恩。我们庆幸2200多年来，南越王赵佗将军有如日月星辰高升在南疆天宇。在山河板荡、国家危难之时，其“不敢背先人之故”，以及固守华夏文明的天下襟怀可谓冠古绝今，在历史长河中不息流淌，在岁月长空中熠熠生辉。

我们将刻骨铭记：南越王赵佗将军永远是我们先秦子民后裔的族群偶像和精神丰碑！

（2010-11-26）

我来了，我激情，我创造

今日，将是《信息时报》在惠州必须亦一定值得铭记的一个日子。如果一定要为今天的“特别”进行注解，那就是因为《新惠州》。《信息时报·新惠州》在今天盛大创刊了！

《新惠州》创刊了！我们全体同仁谨以豪情的名义宣言：“我来了！”我来了，有如骏马的嘶鸣、雄鸡的高唱、朝阳的初升、激流的奔腾！然而，我们更愿意以特有的方式谦恭地向惠州大地告示，作为一支新兴的媒介力量，新诞生的《新惠州》将挥舞民主与法制的大旗，着意闪耀理性的光辉，低调张扬纯真的理想，热情点燃智慧的光芒！“我来了”，不该也不会成为一句空洞的口号或是诗情的告白：用心将是我们的品质，谦逊将是我们的风格，超越将是我们的韧性，不言败将是我们的精神！

《新惠州》创刊了！我们同样以壮志的名义宣言：“我激情！”我激情，应是一种底气，是一种姿态，是一种气势，同时也是一种展示！激扬文字，指点江山，我们庄严承诺：《新惠州》带给惠州大地的决不仅仅是一盘新闻资讯的大餐、一场时政经济的盛宴，而是在对惠州本土地方新闻资源的凝聚与优化过程中，在对惠州社会经济生活的见证、参与和建设的征程中，将充分发挥其新闻舆论监督的功能，全力张扬激浊扬清、褒善贬恶的旗帜，以强烈的社会责任感和使命感投身于惠州城市在新一轮腾飞的方方面面，用审慎、警醒、理性、良知高悬新闻利剑，遣用舆论尖兵，始终如一地为惠州的社会政治经济发展服务！

《新惠州》创刊了！我们仍旧以实力的名义宣言：“我创造！”我创造，更是一种鲜活、一股拼劲、一份主观的能动！我们不奢言做拓荒牛，因为已经有先行者；我们不夸口成为中流砥柱，因为当前的我们还稍显稚嫩；同样，我们不会轻易纵论天高海阔，不会号称雄狮百万或放言志在必得，因为我们自重、自省，并自强、自立！

诚如在惠的一位博士给我们的赠言："有一种力量在创建新惠州！"《新惠州》要做的和正在做的，正是这样一个坚定的信念和努力的方向！

没有别的，就缘于：我来了，我激情，我创造！

（2005-07-22，本文系《信息时报·新惠州》创刊号卷首语）

不能没有“摩”

全国各大城市都在谈“禁摩”。有动真格的，有跃跃欲试摩拳擦掌的，有“只打雷不下雨”的，还有纯粹盲目跟风、唯恐落后的……惠州属于哪类？这不大好说。不过关于摩托车是否该禁、何时禁、如何禁等问题，两三年前已成为惠州人热议的话题。

或许可以这样说，摩托车的禁与不禁本就是一个两难的选择，至少在目前的时机、客观实际上是如此。关于人们禁与不禁的正反交锋中，我们看到和听到的结果是，更多人支持“不禁”。有市政协委员对此直接地表示，当前惠州“禁摩”时机尚不成熟。“惠州是发展中城市，公交、出租车等交通配套设施还不够完善，‘久等无车’的情况还会经常遇到，况且现在买不起车的人还很多。‘禁摩’后怎么解决好这些人的出行问题是个难题。”也有理性的市民认为，在禁与不禁的选择中，其实管理比禁止更重要。事实上，即便是一些中立的人群，也都倾向于：禁，也应分步骤、分阶段地逐步实施，要留有一段时间给市民进行缓冲过渡。

笔者以为，当前惠州市摩托车的使用是与现阶段生活水平相适应的。广大市民有充分的经济能力购买家庭轿车吗？答案是否定的。以摩托车代步，在现行经济发展阶段已成为人们出行的重要方式之一，这已是大家的共识。在人们生活水平提高到一定程度之后，更换代步工具会顺理成章，这也是符合社会经济发展规律的。设若“禁摩”实行“一刀切”，必然会给一部分市民出行带来诸多不便。有市民直言，“不是人人都开得起小轿车，何况很多地方是公交车到不了的，有相当一部分的市民需要借助摩托车上下班、买菜、接送小孩以及处理一些日常杂事”。话虽不中听，但很中肯。

如此看来，“禁摩”分步骤、分阶段地逐步实施似乎更稳妥，惠州市“禁摩”言之过早。当然，此一说不是指不加限制，更适当的做法应该是“限摩”。如何“限”？从政府公用事业发展的层面，应加强道路交通规划和配套设施建设，健全和完善公共交通线路网络设置，加快公交运输、出租车等行业的发展，满足人民群众日常出行的需求；在执法层面则应依法行政，“恶化”摩托车使用环境，如对没有入城标识的摩托车禁止在市区行驶，自愿提前进行报废的给予适当补偿，外省市号牌的禁止在我市辖区道路行驶等。在市民引导方面，公路交警等部门要营造和谐的舆论环境，教育和引导市民支持政府决策。概而言之，通过“优化”群众出行环境和“恶化”摩托车使用环境，柔性地逐步实施“限摩”的举措，最终达到“禁摩”的目的。

（2008-08-12）

如何保护东江?

东江是我们的母亲河。东江直接肩负着河源、惠州、东莞、广州、深圳以及香港近4000万人口的生产、生活、生态用水，香港甚至每年所需淡水的80%都来自东江，东江之重要不言而喻。而一个客观而严峻的事实和问题是：我们怎样来保护母亲河东江?

诚以为，作为东江流域直接的政府行政职能部门，省东江流域管理局应加大对东江水资源的综合协调、监督和管理力度。东江流域的每一个城市，都应对水资源开发利用中诸如季节性及区域性缺水、水质性缺水、工程性缺水、污水处理能力、地下水开发、水资源浪费、水资源调节配置等方面的痼疾进行有效诊治，从根本上治理城市的“水危机”。

当前，各地政府有关职能部门应加大力度治理好辖区内的水污染，加重对污染水资源行为的处罚；大力提倡使用节水用具，并首先在公共场所推广；要在全社会营造节水的舆论氛围，培养市民用水的节约意识和忧患意识，在全市范围内浓墨重彩地建设节约文化，倡导节约文明，形成“节约光荣，浪费可耻”的社会风尚；要真正让市民履行节约用水，并将这种认识转化为具体的实际行动——“节水”从我做起，从现在做起；要让市民逐步认知“节约是为了更好地利用”的科学观念。

节水是一个长期性、艰巨性、公益性、群众性的系统工程。有关部门可适时组织诸如“全民节水共同行动”大型主题宣传、“节水万人签名”、“节水有奖征文”活动等；在时机恰当的时候，可制定和完善《市民节水公约》《节约用水管理规定》等，在本区域广大机关、企事业单位、学校等进行推广，进而在千家万户中予以实施……

节水是全社会的共同责任与义务。当“保护东江”不再需要社会呼吁，不再成为有识之士忧心忡忡的话题之时，想必东江水资源的可持续利用就距离我们不远了。

（2008-04-09）

“治超”不要“三分钟热度”

据《惠州日报》报道，省“治超”工作领导小组负责人日前抵惠督查惠州“治超”工作情况，来自市公路管理局和市交警支队的汇报表明，惠州辖区内的超限超载情况十分严重，惠州的“治超”形势十分严峻！

惠州超载现象究竟严重与否？人们只要稍微留意我们各大小马路的毁损情况便知一二：市区如南线客运站至陈江街道片、三环路至惠州学院一段、桥东上板塘和下板塘一带、下梅湖至梅湖市场区域、江北三新火车站周边……被毁马路要么是路面坑坑洼洼、凹凸不平，要么是路面被大面积连片轧烂，要么是路面开裂后马路上沟壑纵横。

尤其让人痛心的是，仅市区连接江南江北的几座跨江大桥目前均“病痛缠身”，长期“带病上岗”。东江大桥曾于2006年进行了“大手术”；惠州大桥虽“依常负荷”，但已“伤痕累累”；而西枝江桥自建成至今，虽几度维修，2007年下半年“不幸”再度被宣告为危桥，如今已被设限通行。

路与桥的被损毁严重的情况，当中不排除部分路桥工程质量方面的原因，但超限超载作为元凶显然是毋庸置疑的。超载的运沙车、运水泥车、工程车，动辄三五十吨，甚至超百吨。更令人难以置信的是，有些超载车的超载重量达到了其合理核载的四五倍！一个“利”字当头，超载车铤而走险，对行人、其他车辆、马路以及载重车自身所造成的潜在危险和直接危害是何其之大！

超限超载现象严重，“治超”自然尤为必要。我们曾欣喜地看到，为了遏制市区超载运沙车的疯狂势头，2007年7月份，时任市委书记黄业斌亲自做出批示：“惠州不欢迎超载车，一定要从源头治理……”随之市水利、交通、交警等有关部门紧急行动，对市区下角梅湖、惠城区汝湖等地沙场的运沙车进行了大力整改，对有关超载车辆和相关责任人进行了严厉打击和惩罚；并对运沙车超载从根源上进行了治理，即在各有关沙场统一安装了地磅，对进出沙场的每辆运沙车进行科学核载。此外，由相关部门组成联合执法人员在有关地段24小时设卡，严控和打击超载行为！

“重典”之下，效果立现。7月至8月，惠州市区超载的现象果然得到了有效遏制！而遗憾的是，进入9月份以来，凌晨时分的市区东江大桥、惠州大桥、梅湖路口等区域，一辆辆满载水泥、沙石等的“巨无霸”超载车如幽灵般重现！

显然，暴利之下，超载车“死灰复燃”了；而此时是什么原因让24小时执法的人员“踪影难觅”了呢？有专家对此指出，“治超”绝对不是阶段性的工作，而是一个具有长期性的艰巨的城市管理的重要内容之一！是必须动员全社会各界广泛参与和监督的民生问题！当前“治超”必须用“重典”，与此同时必须常抓不懈！

诚然，惠州之“治超”，拒绝三分钟的热度！

（2007-12-09）

请进一步健全完善公交运营规制

因工作的关系，我经常可以接触到不少市民对公交车问题的投诉报料，诸如汽车尾气排放超标，行车线路设计不合理，班次不足致市民候车时间过长，乘务员服务态度不好，车厢环境卫生不佳，等等，不一而足。对此，市民怨气深重，却徒叹奈何。

市民生活便利无非衣、食、住、行方便，出行问题与民生关系何其密切！众所周知，公交是城市交通不可或缺的重要组成部分。作为广大市民出行最方便、最低廉、最实用、最日常的途径之一，公交的特殊地位和重要作用一直为人们所广泛关注与重视。

“群众利益无小事。”一定意义上说，关注公交，就是关注民生；关注与广大市民利益切身相关的“出行”大事，公交的问题无法回避。另一个角度看，关注公交，也是关注城市的发展、城市的文明和城市的进步。

公共交通是城市文明的一面镜子，是展示城市形象的一个窗口。健全合理的站点设置、科学完善的线路调配、充裕有效的开收班次、豪华气派的车身、洁净优美的车厢、舒适安全的乘车感受、文明礼貌的司机行车等，无疑将大大地增强广大市民和外来人员对惠州城市的归属与认同。我们很难想象，一个治安混乱、文明鲜见、行车野蛮的城市会有多令人满意的公共交通！

有人说，一个城市的发展情况、市民素质的高低，只要乘坐一下该城市的公交车就可大致了解。市民乘车是不是文明，有没有给老、弱、病、残和孕妇让座，有没有逃票，能不能做到先下后上，等等，这些都能反映一个城市的精神面貌。

当前惠州市正处于一个高速发展时期，正处于“尽快进入珠三角第二梯队”的转型升级阶段，在惠州城市化的进程中，城市文明与城市综合质量的提高一日千里。然而，发展的过程毕竟会有不完善，必然会遇到或客观存在着这样或那样的问题。当前的惠州公交确实问题不少。单说公交的行车问题，招手即停，随意上落，占道抢客，过站不停，“野马驾驶”，站点停靠时间长，车厢安全维护差等，市民印象中这些都是难得高分的。以“车厢安全”为例，公车上那些经常作案的扒手是市民最深恶痛绝的，却偏偏屡抓不绝。再举公交IC卡的普及，目前市区尚有不少人工售票车在运营，并且不少乘务员的服务态度未必能让市民满意。

公交存在问题并不可怕，可怕的是回避之余的不能、不敢正视！从维护惠州城市形象故，从为民、便民、利民故，从提升城市文明故，有关部门能正视并重视公交在惠州社会政治经济生活中的地位，不断地健全、完善相关规制，应该不是一件小事吧？

（2013-12-05）

“刀下留狗”

最近听闻“打狗行动”也将在惠州展开。“打狗”风暴席卷惠州，相信是有人欢喜有人忧！欢喜者或许感叹，今后再不用担心“狗患”也！忧者或许唏嘘，这是狗宝贝的一场灾难啊！

狗该杀否？不该。狗能养否？能。“狗患”该治否？该。只是，事物都有其相反的一面。曾经作为人们广为喜爱的犬只不应成为众矢之的：该杀的当是恶狗，能养的当是良犬，而治犬当先立法治人。狗最后打得如何，这是后话。而生活在城市，有不少爱心人士喜欢饲养宠物，因此人们还有一个担心是，今日打狗，明日会不会打猫？打鸟？

如果说狗是人类忠实的朋友，那么家里饲养的宠物猫、观赏鸟是不是人们的朋友？一个事实是，狗是人类忠实的朋友，不是“公害”。从保护、爱护动物的人道主义角度讲，人类应该理性地赋予动物生存的权力和空间。每当一出问题就嫁祸给无辜的动物，采取粗暴的捕、杀、禁、罚，这不是一种可笑的无能和愚昧？

据称，“打狗行动”，缘起于惠州市区发生狂犬病致死病例，死亡率100%；且近期市区“流浪狗”猖獗。乍看起来，理由似乎很充分。然而，动物伤人，疾病生成，这对动物来说是正常的自然现象。设若造成了事关社会安定的严重问题，从小处说，那是饲养者的失误；往大了说，政府相关职能部门在立法、执法、管理等方面有无失误呢？试问，狗只生了狂犬病全是狗的错？想养就养，要杀便杀，人类似乎不应如此理直气壮地凌驾在动物头上享有生杀予夺的特权吧！

众所周知，饲养犬只在我国的历史可谓源远流长。尤其家犬以其忠诚、护主的本性以及看家护院的特性广为人们所喜爱。狗是人类的朋友，自从被人类驯化，就成为人类忠实的伙伴。面对时下全国多个城市燃起的“打狗烽火”，有爱心的爱犬人士心里是何其难受。

事实上，和全国许多城市一样，惠州市早在2001年就曾下发一个禁养犬只的通告，采取的是“一刀切”的做法：市区为犬类禁养区。从今天客观的情况来看，收效多少有些事与愿违的味道。不是吗？原来关于养狗的管理规定已经摆设了多年！

养狗和打狗本身并没有错，因为出发点不同。而有关职能部门建立科学的、符合惠州实际的、兼顾各方意愿的养犬管理规定，规范养犬人的行为和责任，建立对违规的监督、举报渠道，严格执行对违规者的教育和处罚措施，这却是必须的。

（2009-07-16）

放飞梦想 坚毅前行

——为惠州尽快进入珠三角第二梯队呐喊

“借我一双慧眼，我要洞穿现实和未来；给我一双翅膀，我要自由地飞翔！”今日惠州，“进入珠三角第二梯队”的号角已经吹响，步伐更加铿锵！

惠州，注定无法忽略。毗邻港澳，居于珠三角经济圈，区位优势得天独厚；有江（东江），有湖（惠州西湖），有山（罗浮山、南昆山、高榜山、象头山），有海（大亚湾畔、惠东巽寮湾畔），有泉（汤泉），有林，有涧，有岛，有瀑……天然禀赋独领风骚，“代言广东”是最新名片！一个非官方的权威消息指出，当下珠三角的工业发展用地，惠州占据五分之三。当真如此，珠三角未来十年、二十年的发展，如何能不看其眼色？尤为庆幸的是，具有了今日的工业发展基础，对生态环境的保护也具有相当成效，蓝天碧水于今日的惠州并不奢侈！以上诸般，丽质天生、高贵血统，惠州如何能被忽略？

惠州，注定备受瞩目。2008年8月，现任国务院副总理，时任中央政治局委员、省委书记汪洋到惠州开展专题调研时强调，惠州要在推进科学发展、促进惠民利民方面率先探索，努力建设成为科学发展的“惠民之州”。汪书记秋日里字字千钧，如一声惊雷，助推惠州刮起“防止小进则满”“树立更高目标”“集中精力加快发展”“做大经济总量和规模”“尽快提高人均发展水平”等施政新风！2013年2月，春雷再响。中央政治局委员、省委书记胡春华履新后来惠考察时提出：“惠州要努力进入珠三角第二梯队！”无疑，这是胡春华书记对惠州今后一段时期发展的一个全新定位，也是省委、省政府对惠州新一轮科学发展的最新要求，为惠州在新的历史阶段树立起一个全新的发展坐标，为新一届市委、市政府今后五年施政总目标指明了方向。于是乎，聚焦新广东，人们自然地将目光投向热火朝天、干劲高涨的新惠州。

惠州，注定不甘寂寞。纵观当下全省经济势力板块划分，广深跻身第一梯队，佛莞居于第二梯队，中山、惠州、江门等暂居第三梯队。现状若此，不论是经济总量还是发展速度，惠州与“大哥”“二哥”的差距巨大，“前有标兵，后有追兵”，赶超犹如箭在弦上，不得不发。市委书记陈奕威由是坦陈：“尽快进入珠三角第二梯队，标杆高，任务重，困难多，压力大，全市干部群众必须深化重点改革，坚决打破制约发展的各种‘瓶颈’；以更广阔的视野谋划惠州发展，抢抓机遇，争先进位；以更大的勇气深化重点改革，以‘向我开炮’‘革自己命’的勇气，勇闯‘地雷阵’，敢涉‘深水区’，甘当改革‘排雷兵’，争做发展‘弄潮儿’。”“惠州一哥”既已如此放言，前路已无可退，唯当一往无前！

策马扬鞭正当时。为尽快进入珠三角第二梯队，惠州正大力实施“平台构建、产业培养、企业成长、人才‘双高’、县区赶超、惠民信增”等“六大计划”，努力走“经济、政治、文化、社会、生态文明建设”等“五位一体”协调发展新路。特别要指出的是，市委十届四次全会通过的《惠州市企业成长计划实施方案》，已明确提出要营造良好环境，加快企业成长，为全市经济提速提质发展提供有力支撑，坚持“抓大不放小”，既要支持大型骨干企业加快发展，又要大力扶持中小微企业成长壮大，形成“金字塔形”企业群体，力争到2017年全市年主营业务收入千亿元以上企业3家、百亿元以上企业13家、十亿元以上企业100家、1亿元以上企业1000家，实现梯队式培育；百家“三高”（高科技、高成长性、高附加值）企业年主营业务收入总额比2012年增长一倍以上，实现倍增式成长。

宏图已经绘就，期待行动有力。人们欣喜地看到，新一届市委、市政府施政思路清晰，信心满怀，步伐铿锵。然而，必须保持清醒的是，相较于“唱功”，全体市民更乐见的是“做功”；同时必须引起警醒的是，对照宏观的思路，更重要的是要有微观的举措，切实在理论的指导下付诸实实在在的工作实践。

时不我待，要争朝夕。“登梯”现今已然由惠州作为今后五年的施政总目标被赋予官方定义，全市上下已经甩开膀子放手去干，除了隐性指向的“惠州发展的紧迫感和提速欲望”，也是这座城市、执政者以及全体市民对“务实兴邦”和“务实创未来”的发展自觉和全新体悟。我们可以期待的是，以施政号令转化为务实行动，全市上下刷新观念，统一认识，端正态度，征程再发。除了在经济发展领域之外，在民主法治、观念更新、包容开放、亲民务实、民生关注、政务公开、世界眼光、创新动力、舆论氛围、可持续发展等方面都能够深刻认识，承认差距，知耻后勇，继而惊艳登场，华丽转身，精彩呈现！

（2013-09-27）

强化优势　特色发展　壮大总量　理性赶超

——浅析惠州进入珠三角第二梯队的路径选择

2013年2月份，中央政治局委员、广东省委书记胡春华来惠考察提出，惠州要努力进入珠三角第二梯队。这无疑是新的历史阶段惠州全新的发展坐标，也是新一届市委、市政府施政的总目标和新方向。

发展是硬道理。而发展的目标是什么？靠什么发展？如何发展？在具体施政工作付诸实施之前，这些是务必要厘清的。当前，目标已经很明确，即“登梯”，努力进入珠三角第二梯队！至于靠什么发展，这是路径的问题；如何发展，即怎么办，是操作层面的设计问题。下文将重点进行阐述。

先重温一下发展的目标。这个目标是胡春华书记对惠州今后一段时期发展的一个全新定位，也是省委、省政府对惠州新一轮发展的科学要求。胡书记一针见血地指出，惠州正处于经济社会发展全面提速的关键时期，必须乘势而上，争先进位，尽快跻身包括佛山、东莞在内的珠三角第二梯队。他同时对惠州发展的路径、方法与愿景也有具体的指示：“要强化优势，突出重点，完善产业配套，推动产业升级，扩大产业规模，做大做强石油化工、电子信息等优势产业，要强化创新驱动，促进绿色低碳增长，在经济快速发展的同时，努力保持良好生态和优美环境。”这一番话，无疑是纵观全局、审时度势、有的放矢且高瞻远瞩的，这是惠州今后一段时期工作努力的目标与方向。

再来具体说说“登梯”的路径问题，即回答惠州靠什么来发展，发展优势在哪里，怎样来发展。在回答这些问题之前，首先必须明确的一点是，一定要是可持续的发展、科学的发展，绝不走“换得今日一时的发展，明日付出巨大的代价”的老路。那么，支撑惠州可持续、科学发展的真正优势是什么？无非“区位”“天然禀赋”“已有工业基础”以及“千载难逢的机遇”。

区位优势自不待言。惠州毗邻港澳，居于珠三角经济圈，可谓得天独厚。天然禀赋，这是惠州真正最大的优势所在。有江（东江），有湖（惠州西湖），有山（罗浮山、南昆山），有海（大亚湾畔、惠东巽寮湾畔），有泉（汤泉），有瀑，有涧……这是广东任何一个城市所无法比肩的，天然资源独领风骚，唯此一家！尤其让人无法忽略的是，有一个非官方的权威消息指出，当下珠三角的工业发展用地，惠州占据五分之三。当真如此，珠三角未来十年、二十年的发展，如何能不看惠州的眼色？更加庆幸的是，惠州具有今日的工业发展基础，对生态环境的保护应当说也具有相当的成效，蓝天碧水于今日的惠州并不是太奢侈！关于机遇，惠州当前正迎来一个前所未有的黄金发展期，把握住这个时期，对今后长远的发展将产生积极深远的影响。

有此种种优势，从辩证唯物的角度还须重申的一点是，发展既要讲速度，更要讲质量，既要讲要求，也要讲方法。纵观全省各地的经济势力板块划分，广深跻身第一梯队，佛山、东莞居于第二梯队，中山、惠州、江门等暂居第三梯队。现状若此，不论是拼总量，还是拼速度，惠州与“大哥”“二哥”的差距都很大，赶超过程如若讲方法，就不能常规思维，更加不能避重就轻，要出其不意，另辟蹊径，充分依托自身特色与优势，走自己独特的发展路子。

此独特的发展之路如何走？措施与方法究竟如何？

第一，大力保护生态环境。当今城市经济社会发展，生态环境毋庸置疑是一种巨大的实力，是一种软实力！对生态环境的保护以及为保护环境而不遗余力地大力投入，将是经济发展过程中可产生数以倍数的回报。试想，一个名副其实天蓝水碧、风清气爽、鸟语花香的城市，其城市品牌与口碑本身不就是一笔巨大的财富吗？由于对这个城市的称道与向往，而让外地人趋之若鹜，这将不仅是城市品牌经营的成功，更是当地人民工作、生活幸福指数的标尺。一句话，保护好惠州的绿水青山，将是惠州跨越发展、可持续发展、科学发展的基础保证。

第二，大力发展以旅游业为支撑的第三产业。前文已经说过，惠州自然资源禀赋在全省首屈一指，山、河、湖、海、泉、瀑、林、涧应有尽有，已经开发和尚未开发的旅游资源十分丰富，要有一个大胆超前的定位为“国际旅游城市”的战略规划与设计，将惠州完全打造成为广东、华南、全国乃至国际化的旅游目的地城市，为此超前眼光、高起点、高标准规划交通、住宿、购物、休闲、娱乐等一体化的旅游目的地的城市配套。一方面，对已开发的旅游资源全力进行改造升级；另一方面，全面提速开通惠州机场，吸引投资兴建旅游度假星级酒店，建设大型购物MALL，完善国际化的休闲娱乐配套等，如此聚合无法估算的大量的人流、物流与资金流，这对城市硬件建设的推动以及城市经济社会发展的整体推动，将是颠覆性的脱胎换骨与换代升级！

第三，继续大力发展石油化工、电子信息产业。这是支撑惠州当前经济发展的基础产业，此只能加强，不能削弱。石化方面，要大力引导推动完善上中下游的产业配套，进一步做大总量。电子信息产业方面，要加快推动产业结构升级，助推创新驱动实施，推动由惠州制造向惠州创造转变，赋予惠州产品更高的科技含量。

尤其要引起高度重视的是，要切实加大力度鼓励和引导本地民营经济大发展，积极扶持民间资本投身于包括石油化工、电子信息产业在内的各产业发展浪潮中，如此实现藏富于民，殷实于市，使惠州城市的经济实力与活力得到强力彰显。

第四，适度发展重工业。要加大机械制造、电力生产等具有可行性的工业发展的力度。依托现有汽车零配件生产的产业基础，实现汽车整车的研发制造；依托惠州丰富的山水资源，加大小水电站的建设，实现全市电力自给与外送，等等。

第五，大力发展海洋新兴产业。当今时代，走向海洋，开发利用海洋，已成为国家战略选题之一。惠州要充分利用滨海资源优势，大力推动海洋渔业、滨海旅游业、海洋交通运输业发展，积极研究发展海洋生物、海水综合利用、海洋清洁能源、海洋生物医药等新兴海洋产业。

当前，为尽快进入珠三角第二梯队，惠州正大力实施“平台构建、产业培养、企业成长、人才‘双高’、县区赶超、惠民信增”等“六大计划”，努力走“经济、政治、文化、社会、生态文明建设”等“五位一体”协调发展新路。我们欣喜地看到，新一届市委、市政府施政的思路清晰，信心满满，步伐铿锵。然而，必须保持清醒的是，相较于“唱功”，全体惠州市民更乐见的是“做功”；同时必须引起警醒的是，对照这些宏观的思路，更重要的是要有微观的举措，切实在理论的指导下，付诸实实在在的工作实践。

今日始扬帆。相信有市委、市政府的正确领导，在全体市民的共同参与下，我们期待并乐见的是，惠州在不久的将来名副其实地大踏步迈向珠三角第二梯队。

（2013-05-24）

如何向佛莞看齐？

“2017年GDP突破5000亿元，人均GDP达到10万元，进入珠三角第二梯队。”不久前召开的市委十届四次全会，进一步明确了我市当前和今后一个时期的奋斗目标，理清了发展思路，明确了发展的时间表和路线图，科学谋划了今后五年“五位一体”、绿色跨越，全面建成小康社会的宏伟蓝图。

有道是，既要埋头赶路，又要抬头看天。当下，广州、深圳跻身全省第一梯队，佛山、东莞处于珠三角第二梯队，中山、惠州、江门位列第三梯队。2012年，佛山实现地区生产总值6709亿元，经济规模位居全国地级市前列；东莞市实现地区生产总值5010亿元，产业结构持续优化。紧随其后，2012年中山、惠州、江门三市地区生产总值分别为2441亿元、2368亿元和1920亿元。

于惠州而言，前有标兵，后有追兵，尤其榜样就在前头，可望可及。要进入第二梯队，佛山和东莞的昨天和今天，很可能就是惠州的今天和明天；佛莞的过去、现在和未来，惠州尤其要俯下身子、擦亮眼睛谦虚讨教，用心关注、了解、学习、借鉴、吸收、实干，知耻后勇，努力赶超。

要看天，也要问路。

佛莞两地的产业特点、人文风情如何？

佛莞两地经济社会发展具有哪些特色？

其发展历程中经历了哪些困难和问题？

其克服困难和问题的方法、手段如何？

其以往发展路径与如今发展走向如何？

有哪些教训惠州要尽可能规避？

有哪些经验惠州要学习和借鉴？

…………

日前，由中共惠州市委宣传部组织的惠州报业传媒集团、惠州广电传媒集团等惠州本地主流媒体联合采访组，分赴佛山、东莞两市，采访相关政府部门、企业及相关人士等，了解两地经济社会发展概况，探寻发展背后的故事，概括式梳理出两地发展的思路与脉络，以期为我市跨越之旅提供有益参考。《惠州日报》、《东江时报》、惠州电视台、惠州电台等于8月上旬起相继推出了惠州媒体佛莞行系列报道，对佛莞两地跨越发展的辉煌之旅进行详尽解读。

据知情人透露，来自惠州学院、市委政策研究室、市委党校等单位的有关人士在不同场合表示，两大传媒集团的报道有规模，有质量，有气魄，让人受启发，尤其揭示出佛莞两市发展的经验教训弥足珍贵，给人以启迪。

从执政的高度层面看，“佛莞两市发展的经验教训”，自然是必要求取的真经。所谓“以史为镜，可以知兴替”，把佛莞的过去和现在作为一面镜子，用以审视今日和未来的惠州发展征程，不仅仅是客观的必要，也是理性清醒思考的主观必然，以标兵为榜样，站在巨人的肩上，可以让我们心潮澎湃，豪情激越，同时少走弯路，科学地走捷径。

向佛莞看齐，如今怎样做？无非“真看、真听、真学、真用、真干”！

（2013-08-26）

公益广告传递社会正能量

近些时候，从党中央、国务院到地方各级政府，推出了众多关于“中国梦”系列的公益广告，人们在主动或被动的接受过程中，受到了启发，得到了有益的启迪。这些公益广告与我们在日常工作、生活、学习中以各种丰富的形式和多元的载体邂逅，给我们带来了全新的认知和感受，让我们更加积极向往光明，满心憧憬未来，其中传递的深意、匠心和正能量值得细细玩味。

众所周知，公益广告不以商业利润为价值，关注世界，关注社会，关注生活；有巨大的实用价值和广泛的社会效益，公益广告针对现实社会存在的问题，引领人民崇尚健康向上的社会生活。同时，公益广告通过多媒体呈现，受众广泛，关注人群集中，能够迅速在社会上引起强烈的反响。

有人说，公益广告就是一盏明灯，它照亮无垠的天际，让人们感受到天空的广袤与蔚蓝。公益广告的形式与内容或许并不丰富，却传递了深刻的价值导向，是导引人们前行的路灯，是人们迷茫徘徊时的向导，是人们困顿无助时的良师……公益广告存在的价值，更在于传递的是积极、进取、健康、向上、光明和正义的价值导向，是经济社会可持续发展的客观动力，是人们追求真善美的主观呈现。

公益广告也是传递美的一种载体，能够在更大程度上给人们带来心情的美丽、视觉的美感、心灵的美学。众多“中国梦”系列的公益广告，大多数设计得非常巧妙，通过一些小事件、小视觉、小故事、小画面等，点化出所要表达的意思，让人们在情趣与审美中轻松接受主题。相较于众多商业广告的创意，或许也能够给人们带来享受，但公益广告的公益性、利他性、纯粹性、唯美性，更加让人感觉赏心悦目，亲切自然，在润物细无声的情感表达、价值倾向的灌输中，实现了广告本质的推介目的。

公益广告还是净化人们心灵的良方。相对于家庭引导、学校教育、单位作风建设，公益广告的多介质传播、受众面广、可控性强、关注人群集中等特点，能够更好地通过主题渲染的形式，传播社会正能量。公益广告让人们从铺天盖地、狂轰滥炸的广告资讯中抽身开来，以温情、严谨、负责、健康的视角来体察世态，感受正负，审视社会，引发心灵共鸣与意识认同，为柔软的心灵栖息寻觅宁静愉悦的家园。

（2013-08-25）

【第五辑】

纸媒请不要悲伤

作为地级市本土媒体，面对自身发展态势以及省级外来媒体进驻地方咄咄逼人的气势，挑战面前同时处处是机遇。作为地级市报业传媒集团，如何来办地市级报纸？要办怎样的报纸？……

开拓主旋律深度报道新领域

——《惠州日报》探索地方党报深度报道突围之路

独家新闻是报纸的核心竞争力，深度报道是独家新闻的重要方式。在新闻资源同源化和新闻报道同质化日趋普遍的今天，持续不断地推出独家的深度报道，是报纸赢得读者的“利器”。这是办报人的共识。自2010年下半年开始，惠州报业传媒集团旗下《惠州日报》进一步强化深度报道，专门开设了《惠报新闻深拓》栏目。作为地市级党报，在纷纷抢滩的各类省级大报重磅推出的深度报道中探索突围之路，初步摸索出一些自己的制胜之道。

一、“两会”期间，在《两会关注》栏目每天推出一篇至两篇独家深度报道，对新闻性强、影响面广的民生题材重点经营，不仅使每天的“两会”报道有了重心，同时也借“两会”之机，对《惠报新闻深拓》这个深度品牌做了一次集中营销。

在每年的市“两会”期间，惠州本地媒体及驻惠各媒体都会使出浑身解数展开新闻大战。作为地方党报，市“两会”期间，《惠州日报》在做好规定动作的同时，会针对代表、委员们关注的热点话题，推出一些专题报道。但由于信息的同源性，这些专题报道的竞争性都不太强。自2011年2月惠州市“两会”开始，《惠州日报》采访部改变以往报道模式，针对热点话题进行纵向和横向方面的深入拓展，精心策划，采取会场内外联动采访、协同作战方式，结合专题报道陆续推出了6篇深度报道，分别是《建公租房给“夹心层”一个温馨的家》《及早应对，莫让惠州变“堵城”》《力争3年实现农村幼儿入园率超90%》《分3年建百个标准化社区志愿服务站》《筑个巢让草根公益“孵蛋成凤”》《是幸福下一代还是孤独小白菜》。一周内推出6篇深度报道，力度前所未有。这6篇深度报道均体现了对“两会”重大问题的独到观察和思考，其中有关交通问题、社会组织管理门槛过高的问题等报道，因其针对性和建设性强，均得到相关部门的快速反应。从会上了解到代表、委员高度关注市区交通拥堵问题，《惠州日报》采访部当即派出7位记者对交通拥堵的现状、成因、代表委员看法做出了全方位扫描，仅一天时间就推出了深度报道《及早应对，莫让惠州变“堵城”》，其中报道中提到惠州金山大道限速过低的问题得到惠州市委书记黄业斌的重视，他指示惠州交警科学论证后，交警部门随即提高了限速。借鉴“两会”深度报道《筑个巢让草根公益“孵蛋成凤”》提出的思路，惠州市社会组织管理局在市“两会”结束后随即降低了社会组织的成立门槛，推动了惠州社会管理的重大进步。深度报道《力争3年实现农村幼儿入园率超90%》，既采写了有数据支撑的现实情况，又报道了代表委员等各方面的声音。有关专家指出，这样的报道，有比较实在的决策参考价值，又直接关注了热点问题，势必推动社会服务的完善。《是幸福下一代还是孤独小白菜》既契合了当前全国关注的用工荒背景，又深度反映了当时在全国引发热烈讨论的留守儿童教育和健康成长问题，引用例子典型，引人深思。

这组深度报道产生了广泛的社会影响，充分体现了《惠州日报》的影响力。值得一提的是，《惠州日报》会前有关“整治交通肇事逃逸”“旧楼装电梯”“农村垃圾污染”等多篇深度报道，引起惠州市代表委员们的高度关注，不少代表委员在2011年的市“两会”上做出了热烈呼应，直接援引报道内容向大会提交了相关意见建议，并经市人大常委会办公室交有关部门办理。《惠州日报》对此也连续做了报道，这对前期的深度报道是一个延伸，同时也是对自身很好的宣传推介。

在2012年1月6日召开的惠州市“两会”期间，《惠州日报》采访部延续2011年的做法，在短短几天时间重磅推出了一组影响深远的深度报道：《年关到，工资提高保姆难找》《拿什么记住你，惠州的前世今生》《“民生大餐”让市民共享发展成果》《规范校巴管理　成立校巴集团》《引入社会资本发展养老机构》《1000条信息打包，便宜时卖几十元》等。其中，引入社会资本发展养老机构，加快推进社会养老服务体系建设的深度报道，受到“两会”高度关注，代表们提交的相关建议被人大会确定为大会议案，交市人大常委会监督办理。

这些报道以解决社会宏观问题的议案、建议为重点，引起社会的广泛关注，促进了一批民生问题的解决。像有关养老问题、个人信息安全问题、农村留守儿童家庭教育“精神丢荒”问题等，都是涉及面极广、影响相当普遍的社会现象，颇受人关注。结合代表委员提出打造惠州记忆工程的建议，我们及时做出策划，派出几路记者做了大量外围采访，两天内推出深度报道《拿什么记住你，惠州的前世今生》，报道针对性强，建设性强，引起惠州有关部门对此的关注和思考。

我们在“两会”期间连续推出深度报道，对新闻性强、影响面广的重大民生题材重点深度经营，把社会热点、民生诉求带进“两会”会场，与代表委员的声音汇成交响，形成了主旋律的宏大“气场”，不仅使每天的“两会”报道有了重心，同时也借“两会”之机，对《惠报新闻深拓》这个深度品牌做了一次集中营销，使《惠报新闻深拓》的品牌深入人心，有力提高了地方党报的思想性和权威性，增强了报纸的竞争力，彰显了主流媒体的影响力。

二、围绕纪念建党90周年活动，策划组织实施了“寻访红色足迹”大型系列深度报道，在两个月内推出了近20篇“红色”深度报道，开拓了主旋律深度报道新领域。以全新的时代视觉审视历史事件，深度挖掘历史事件的时代意义，报道生动而深刻，产生了推陈出新的效果，成为惠州纪念建党90周年宣传报道的典范之作。

开拓主旋律深度报道新领域，是我们的又一个突破点。

2011年6月，为纪念建党90周年，《惠州日报》采访部策划推出“寻访红色足迹”大型系列深度报道。惠州是一座历史文化名城，也是一块革命热土，特别在近现代史上，出过廖仲恺、邓演达、叶挺等“惠州三杰”，是两次东征的主战场，也是东江纵队、粤赣湘边纵队等活动的主要区域。我们的策划以寻访红色足迹为线索，深入探寻惠州具有典型意义的革命斗争故事。这些新闻源被很多人采用过，已不具任何独家性，但我们以同源的新闻事件本身为依据，尽量写出别人没有写出的独特角度、独特见解。在策划时，就要求记者在采写中，以全新的时代视觉审视历史事件，深度挖掘历史事件的时代意义。所以，记者们的采写一改以往堆砌史料的枯燥笔法，采用移地换景、睹物思人、情景再现等新颖写作手法，将时代背景、历史细节、时代意义、社会变迁（发展成就）穿插其间，使报道展现出全新的时代视觉，既配合了庆祝建党90周年纪念活动，又极大增强了主旋律报道的可读性和思想性。

“寻访红色足迹”系列，首篇推出的深度报道是《惠州曾在敌人眼底下上演“暗渡陈仓”》，报道的主题是我国抗战时期发生在东江流域及惠州的一次著名的营救事件，该历史事件曾被拍成电影。记者在报道中既翔实记述了当年我党和东江抗日游击队营救香港爱国人士、文化名人的事迹，还多方寻访到当时作为营救行动中转站的一家旅馆，对其现状进行了描述，并交代了其历史变迁，揭示了历史事件的时代意义，可读又深刻。《32位长征中央女红军有个惠阳妹》一文，记者寻访到权威的知情人做了深入了解，并到女红军廖似光的故居进行了采访。记者对一些史迹，包括史料，并没有实录照搬，而是对部分内容进行了一番“新闻演义”，如廖似光上夜校了解革命道理到投身革命，在香港、上海开展地下工作等一些情节，都做了细致的描述，这样就使报道显得益加生动活泼。

《飞鹅岭上炮声隆　二次东征传捷音》一文探寻第二次东征国共合作首次经典战例，记者把历史故事融进故地重游的现实走访之中，夹叙夹议，突出每个小标题的“观点”，比如蒋介石的打退堂鼓、周恩来的“围师必阙”攻下惠州等等。再配以历史和现实的照片，非常具可读性和历史性。《“红色堡垒村”谢洞曾被10次围剿》一文，记者则是走进了当年的堡垒村，采访了当时的一些亲历者和他们的后人，再将一些历史记载结合起来写，现场感强，细节感人，可读性大大提高。

作为纪念建党90周年的宣传报道，这样的操作写出了“新闻性”，比过往一些简单的历史资料的堆砌有看点，有启发。

这组深度报道推出后，在惠州影响很大。惠州市党史办一位党史专家指出，《惠州日报》以深度的方式，将党建题材作为重要报道内容连续推出，力度强，有气势，有规模，充分发挥了党报弘扬主旋律、增强凝聚力的正面引导作用，充分体现了党报的正确导向和政治敏锐性。

三、建立起深度报道工作室制度，包括建立起部门每周例会选题策划制度、首席记者策划统筹制度，和要闻部一同建立起深度报道选题策划联席会议制度，确保做到每月推出4篇以上深度报道。

深度报道要有规模有力度实现突破，首先要有一套保障运作的机制。

惠州日报采访部是一个综合性采访部门，不是专门的深度报道部。记者日常动态采访任务已经十分繁重，尤其是时政报道任务艰巨。如果没有好的运作机制，很难做到动态报道和深度报道两手抓、两手硬。

为了做到“鱼和熊掌兼得”，经过反复征求各方意见，2011年年初，惠州日报建立起深度报道工作室制度，在采访部建立了深度报道工作室，工作室主任由采访部主任兼任，执行主任由采访部值班副主任兼任，下设3个报道组，分别是时政组、经济文化组和社会组。工作室再建立每周例会选题策划制度、首席记者策划统筹制度。原则上工作室每周一召开工作例会，由主任或执行主任主持召开，研究部署深度报道策划采写。例会按照业务学习、策划提交、选题讨论几个程序进行。待选题经集团编前会审定通过后，由工作室执行主任把采写任务落实到人，并指定一位首席记者统筹。同时，和要闻部一同建立起深度报道选题策划联席会议制度，由集团分管领导牵头组织，制订深度报道工作方案，每周一召开两部门联席会议，讨论确定深度报道选题并督促完成进度，对深度报道的图片、标题、分拆包装等制订量化指标。

为确保深度报道有足够选题，除工作室主任和执行主任负责策划选题外，采访部每个记者每月至少提交1个深度报道选题，简明扼要提出报道思路，然后由主任主持在例会上进行讨论。各记者可以突破跑线范围，提出策划选题，并参与采写深度报道。惠州日报采访部记者的首要任务是政务报道。鉴于政务报道任务繁重，我们鼓励记者合作采写深度报道，提高报道的采写时效。

这些制度实施以来，《惠州日报》要闻版基本保持了每周最少4篇深度报道的规模，改变了原来深度报道不定期、不定量、零星散乱的格局，而且报道选题、写作水平、编辑包装质量明显提升了档次，有力配合了市委、市政府中心工作，提高了报纸的可读性，增强了主流媒体的话语权，并产生了良好的社会效果。2012年开年，我们就围绕市委最新提出的“建设环大亚湾经济带”的战略构想，展开深度策划，组织采写了“拥抱深蓝”系列深度报道，从机遇迎接、设施对接、产业承接、体制衔接等几个方面，对环大亚湾经济带建设的背景、机遇、问题、趋势、影响等做系统深入观察，为开拓主旋律深度报道再前行。

（2012-07-02，作者为冷敏、孙晓说、张子才，曾刊载于《中国报业》6月刊下期）

创意和深度是特刊的生命线

——对特刊策划与执行的一些思考

在平面媒体的市场运营活动中，出版特刊是吸引广告客户眼球和催动其投放广告的有效手段，策划对广告的带动不容小视。特刊作为实施新闻策划的有效载体，其创意和深度无疑就是生命线。

特刊往往因版面量大、气势恢宏、影响面广、吸引眼球，在广告拉动中，优势明显，且在当下的广告经营活动中无可替代；特刊亦是纸质媒介追求深度性和典藏式传播意念的完美渠道。

但是，须引起注意的是，特刊的策划执行不能进入以下几个误区：

一、特刊不“特”。

特刊，顾名思义，首义在一个“特”字，应是有相当的创意，在一定程度上具有相当的理论深度、视野高度，有一定的影响力、号召力和震撼力。而特刊不“特”，或创意平实，思想贫乏，高度与深度有限，这种特刊则名不符实，如此特刊对特刊本身以及广大的受众（包括读者、商家、广告客户等）都是一种巨大的伤害！

厚重的特刊，不是常规版面的“佐料”，也不是政务报道、民生报道、时事报道、经济报道等的附庸。策划、制作特刊的过程中，要寻求与受众互动的卖点，锁定一个核心的主题，在精神的诉求方面与广大受众达成一致；要围绕一个事件焦点，打破一般新闻报道的版面常规，通过特定主题范畴在版面内容的厚度中形成信息传播总量的相对强势；要制造某行业、领域或特定新闻大事件中的一种首创式的概念，诠释或强化话题中心坐标，使一份特刊的内容具有史料般的收藏价值。特刊的整体内容安排要尽可能将读者阅读的兴奋点、读者兴趣的接近点、读者判断的认同点、读者普遍的关注点、读者地域的亲近点高度融合，实现特刊作为出版物集可读性、贴近性、实用性、公信性、服务性、深度性和本土性的统一。

可以说，理念的创新使特刊的生命力得以张扬。如各新闻单位循例推出的主题式特刊、访谈式特刊、聚焦式特刊、开放式特刊、服务式特刊、视觉式特刊、节庆式特刊、重大事件性特刊等异彩纷呈，特刊的元素鲜活而多维。

二、特刊策划出版不能过频。

有人说，好的广告营销不会是一锤子买卖。让广告客户成为“回头客”，有价值的服务是一个必不可少的重要因素，新闻单位实施的特刊行为当然是一种渠道。事实上，报纸开拓不同受众的细分市场，是广告客户除对报纸提供优质内容之外所热切期待的。作为报社顺应市场需求推出具有较强针对性的特刊，进一步扩大了报纸的版面容量，这种服务对广告客户来说无疑具有吸引力。

特刊可以为广告客户提供更全方位的服务。有质量的特刊不只是单纯地做一个特刊，这个特刊能够覆盖更多读者，可以有互动的内容，可以有对广告客户而言在新闻支持力度上的倾斜，特别是特刊策划创意的附加服务对广告客户会有更大的吸引力，广告的发布效果也会更好。这一点较为广告客户所认同，也为广大的受众所首肯。

必须指出的是，特刊的读者群是相对窄众的。他们可能只是对某个行业、领域感兴趣的一族。如楼市特刊吸引的是想买楼或已经有楼的人，汽车特刊能诱惑欲买车或已经有车的人。恰恰是这类读者，属于消费力较强的有效读者。一定程度上说，出版特刊可以吸纳和稳定“三高”（高学历、高收入、高消费）读者，从而提升报纸发行质量。

然而，物以稀为贵。频繁出版特刊，势必将引起受众对特刊的“特”质的质疑。比方说，一个新闻单位一周一个特刊面街，质量姑且不说，而受众的接受能力和态度首先就会出问题。多则滥，多则贱，受众的“审美疲劳”是必然的，而且与广告客户的承受周期也不和谐，久而久之则会被孤立，被敬而远之，这种代价是很惨重的。

此外，特刊作为新闻单位在新闻（广告）运营中的重要手段之一，对特刊的实施，必须提前介入，如“3 · 15”“五一”“十一”等，这是打常规牌的节庆特刊；而更多的是创意性的特刊，如为适应事件性新闻而策划的事件性特刊等。

三、特刊不能吝啬版面做“特”的文章。

一个特刊要有相当比例的版面踏踏实实、不折不扣地执行特刊的策划意图，真正做出思想性、理论性、知识性或趣味性，做出高度、深度和广度，每一份特刊应是一份具有保留价值的信息资料的集锦。

应该说，特刊与常规新闻报道的功能有重叠处，但也有区别。可以这样理解，特刊是介于新闻与广告之间的产物。特刊与常规新闻报道共同之处是新闻性和可读性，两者都追求有价值的内容，都要强调吸引人的可读性。然而，常规新闻报道的侧重点在读者，除了事件性特刊、纪念性特刊追求纸质媒介深度性和典藏式的传播巅峰意念之外，而诸如主题式特刊、聚焦式特刊、开放式特刊、服务式特刊、视觉式特刊等在一定意义上更强调吸引广告，更在乎为广告商服务，厚度的特刊事实上更迎合广告客户的心理满足。因此，特刊的可读性更多的是从专业性与权威性中得以体现。国内许多报纸新创办时或处于弱势时期，都是有意识从特刊中进行突破。通过出版特刊，策划各类活动，吸引业界关注，拉动行业广告，几乎成为一种普遍的自我营销和经济创收的操作手法。如《南方都市报》早期广告经营就是充分发挥了特刊的作用；《信息时报》的教育特刊，尤其一年一度的民办教育巡礼特刊，在业界举足轻重。

诚然，特刊打动人更多是居于策划的思想、创意。广大的受众读者看重的是这一点，受众广告客户看重的同样是这一点！广告客户投放广告的动机最主要、最深刻的原因是冲着“特刊”的质量与“特”的高度而作为的。如《南方都市报》东莞新闻中心曾推出的《假如我是市长》特刊，反响巨大，意义深远。对《南方都市报》东莞新闻中心而言，通过该特刊实现了社会效益和经济效益的巨大丰收。该特刊从东莞政府服务、社会治安、保护外来工权益、建设文化新城、加强城市交通管理以及城市经营等多个方面进行了直面透视，并对当下东莞市政府在社会治安、文化建设、区域经济发展不平衡、外来人口没有归宿感等社会人的视觉上，通过特刊内容中的人物访谈与事件剖析巧妙地铺陈开来。该特刊出街后，又连续推出相关专题进行追踪报道，与政府有关部门进行约访，对相关问题进行交流、回馈，尤其推出了东莞市长人物专访，与时任东莞市长的刘志庚直接对话，营造了政府、企业、市民和网友等多界别的充分互动，有效调动了各方，尤其来自民间的情绪，驾驭政府与民间、官员与百姓、媒体与受众的兴奋点和关注点，并在网络上同步链接实时报道，吸引、带动了众多对东莞有着深沉感情的读者、网友纷纷为东莞的发展建言献策，实质上对东莞城市的经济发展与社会矛盾的深层次问题进行了反思，助推了东莞城市转型期间一些热点、民生、敏感问题的解决。该特刊的面世，事实上造成了巨大的影响，经济实效同样惊人。

事实证明，《假如我是市长》特刊，就是充分做了“市长”这个“特”的文章；而“我是市长”的创意，着实新奇、大胆、灵动和有力！

四、特刊必须有效地控制“有偿新闻”的泛滥成灾，尽可能减轻其对特刊内容公信力的伤害。

特刊自然是以质取胜的。因此，作为“特刊”实施者的新闻单位，底气必须足，因为我推出的是有益于社会效益的产品；作为广告客户，你投放的是广告（经济效益），我（媒体）做的是新闻产品（特刊），你投放广告必须真金白银地付出，我办特刊售卖思想、智慧。在如此进行“等价交换”之际，决不能过分地“让利”。这是心理战术，是心理素质的博弈。这时候谁稍微不够坚定地捍卫自己的立场阵地，谁的处境立马就会处于被动；尤其是在“软文”的操作上，这一点将体现得尤为淋漓尽致。

事实一再证明，过分的“软文”操作，一方面将助长广告商的“无赖”心理，助长其得寸进尺、欲壑难填；同时使公众对新闻媒体的公正性、客观性、权威性产生怀疑，并使公信力的信心指数直线下挫，广告客户在媒体面前的飞扬跋扈会与日俱增。长此以往，媒体的广告经营活动将越来越难开展，难度越来越大，广告商越来越难对付，要挟的条件越来越过分，一个对媒体广告经营工作开展不利的怪圈将陷入“恶性循环”。另一方面，“软文”对硬广告经营亦是一个挑战；软文者众，相应地则硬广告者寡，软文多、硬广告少的直接后果就是广告经营总体创收水平下降！广东省内成熟的几大媒体，在他们广告经营活动中，软文操作的效益在整体广告份额中是极少的！

因此，出版特刊必须有软文的核查体系。特刊中会刊登或多或少因客户要求而刊发的稿件（俗称软文），这些软文到底对广告有多少实际的促进作用？答案是否定的。而可以肯定的是，软文对特刊的作用必然是益小于害、利大于弊。

此外，特刊的文章应竭力追求文采。特刊的出版准备周期长，它比常规新闻的采编有更多时间、精力、思想酝酿之后进行采访和写作。因此，特刊实施不仅要求记者有新闻的敏感、思想的厚重，还应该注重文字的精美和在谋篇布局上下功夫。

此外，在特刊的版面策划、版式设计上要匠心独运。版式自然是“形式”，“内容”当然是文章。通过或有形有式，或形散式聚，或形拙式雅，或形重式轻，或形繁式简等版式包装手法，打造出或新颖别致，或大气美观，或典藏雍容，或浓墨重彩，或素描天成的版式风格，有形中烘托出特刊的质感和厚重。特刊的外在“形式”好，才有卖相，内在内容好，才有质量，“形式”与“内容”的和谐与统一，两者才能互相辉映、相得益彰。

五、特刊制作，即对特刊实施方案的执行，要制订一个联动机制，策划、采访、广告、编辑等部门一定要协同作战，责任到人，整体协调配合做到和谐、默契。

执行决定最后的成败。一定要在报社各有关部门进行充分的联动，协同作战，从策划创意的提出到形成执行方案，再到落实到采访部门的采写、广告部门广告的跟进落实，直到最后版面统筹、合成编辑、签字付印，整个流程涉及面广，多部门参与，过程繁复，应清晰流程，责任明确，合理分工，整个实施过程牵动全局而一气呵成。

“特刊就是介于新闻与广告之间的东西。”对特刊功能的认知，有助于我们进行特刊的实施与评估。有人说，特刊的主要功能是为了促进广告创收，那么将特刊实施操作交由广告部似乎顺理成章。事实不然，特刊的实施从创意、策划到采写、编辑、出版、出街，实施方案敲定之后，核心就在采编环节，强大的采编能力是特刊成功“生产”的保证。《南方都市报》《羊城晚报》《新快报》的特刊策划执行的实践证明，特刊实施的最佳做法应是由总编办（编委办）或新闻中心牵头统筹，由采编部门具体执行，广告、印刷、发行等部门全力配合。真正检验特刊水准高低的主要是“采编力量”，而要保证采编的质量，关键在考评。考评决定着薪酬，一切都是利益驱动。考评措施得当，特刊质量才能有保证。《羊城晚报》东莞新闻中心对特刊的探索值得借鉴。他们将特刊的采编分解到相关的新闻工作室之下，受采编总监的垂直管理，广告、发行等部门同时接受采编总监的统一调度，真正使特刊实施的全过程实现以采编工作为中心。

（2009-02-12，本文曾刊发于《传媒》杂志2009年第11期）

打造“配套工程” 支撑“主体工程”

惠州报业传媒集团与人民日报社“联姻”设立代印点，开创中央党报和地方党报合作成功范例

长期以来，以《人民日报》为代表的中央大报，由于人力、物力、财力投入的局限性，以及遭遇区域保护的壁垒，中央大报在地方的印刷发行工作由于鞭长莫及，心有余而力不足，投递的时效往往不尽如人意，其投递的滞后性极大地影响了读者阅报的欲望。与之形成鲜明反差的是，地级市报纸受地方党委、政府和政策的保护，往往竞争意识不强，改革动力普遍不足，体制与机制一般偏向保守，其适用于“自给自足”而设立的印刷厂，由于新闻纸轮印机功能的特殊性，普遍业务量偏小，长期处于不饱和运行状态。

惠州报业传媒集团“敢为天下先”。经过近4年的努力，该集团与人民日报社共同设立的《人民日报》惠州代印点自2012年7月1日起正式开印，印点设在该集团旗下印务公司，每天印刷惠州、东莞、汕尾等地区共1.5万多份报纸，彻底结束了三地读者当日下午或次日才能看到《人民日报》的历史。惠州代印点开印以来，设备运转正常，确保在人民日报社规定的出报时间内出报，对于“配套工程”支撑“主体工程”的做法，合作双方对合作成效均表示满意。在当前全国纸媒一致奔赴“全媒体”阵营的改革大背景下，惠州报业传媒集团与人民日报社成功实现“联姻”，无疑是中央党报与地方党报合作的有益探索，此合作范例具有相当的标本意义。

缘起：惠州订阅《人民日报》破万，建惠州代印点设想浮出水面

《人民日报》是中共中央机关报，是党委、政府的喉舌，是我国最权威、影响最广泛的纸质媒体。在中共惠州市委、惠州市人民政府的高度重视和推动下，《人民日报》在惠州地区的发行量逐年上升。据统计，全市2009年订阅3000

份，至今已经上升到10000多份，惠州成为广东省订阅该报数量最多的地级市。

一直以来，惠州等粤东地区由于地处偏远，每日的《人民日报》要从广州印点送递过来，再经邮局各网点分送，当地许多单位、个人收到当日的《人民日报》都在下午三四时以后，极大地影响了干部群众对中央党报新闻的及时掌握，也削弱了《人民日报》的影响力和权威性。由此，人民日报社广东分社多次到惠州考察发行情况，并与市多个职能部门接洽后，提出在惠州建立代印中心的设想，以解决发行时效问题。

目前，广东全省《人民日报》的发行量达到16万份，此前仅在广州、汕头、湛江市设立了分印点。《人民日报》惠州分印点若成功设立，将使广东省成为全国第一个有4个《人民日报》分印点的省份，使《人民日报》在广东的发行时效处于全国领先地位，将为进一步发展读者群、扩大发行量创造有利条件。诚如人民日报社出版发行部主任李忱所说，近几年惠州经济社会文化发展十分迅猛，对信息的需求不断加大，中共惠州市委、各级宣传部门对《人民日报》的发行工作有力推动，狠抓落实，使惠州的发行量实现了跨越式增长，这也为设立《人民日报》分印点创造了先天条件。

试水：各方通力协作密切配合，共同推进代印点建设

在惠州建立《人民日报》代印中心的设想，从一开始就得到了中共惠州市委、惠州市人民政府以及市有关职能部门的大力支持。市委办、市府办、市委宣传部及市其他有关职能部门，如市住房与城乡规划建设局、市国土资源局、市城市管理行政执法局、市园林管理局、市国文办、广东电网公司惠州供电局等通力协助，积极配合，给予了有力的支持。市委、市政府有关领导对代印项目的建设给予了大力关心和有力支持，特别是市委书记黄业斌更是多次过问项目建设进展，还分别于2010年8月2日和2011年7月28日两次专门做出批示，要求市有关各方全力支持，为《人民日报》惠州代印点建设创造条件，为早日将代印点建成而努力。

《人民日报》惠州代印点建设过程中，人民日报社发行出版部也多次组织

安排该部下属出版管理处、发行处、财务处、技术处的负责同志到惠州报业传媒集团进行工作衔接和开展技术指导，提供了一整套的印刷管理规章制度。为做好沟通协调工作，人民日报社广东分社发行处负责人经常往返京穗惠三地，上传下达，推动代印有关工作程序的落实。

作为建设代印点的承办单位，惠州报业传媒集团全力开展《人民日报》惠州代印点建设的各项筹备工作，专门成立了以集团主要负责人为组长的工作领导小组，统筹协调推进项目建设，定期召开专题会议研究，部署项目实施，安排专人负责跟进落实。特别是2012年年初以来，为扎实推进《人民日报》惠州代印点的建设工作，该集团旗下印务公司衔接人民日报社进行了全面的资源整合，从全面优化人员配置、开展对接技术培训、进行印刷设备升级以及进一步完善相关工作制度等4个方面做了充分准备，确保代印点建设工作万无一失。

创举：通过打造"配套工程"来解决"主体工程"建设费用

兵马未动，粮草先行。设立《人民日报》惠州代印点，需要支出一笔不低的建设经费。这笔经费如何筹措？惠州报业传媒集团与人民日报社创造性地解决了这个难题：在惠州建设一块户外LED广告牌，合作双方称之为《人民日报》惠州代印点建设的"配套工程"。该"配套工程"的具体内容为：由人民日报社广东分社向惠州市人民政府申请在惠城区建设一块户外LED广告牌（命名为"惠报LED显示屏"），人民日报传真制版费用从该显示屏的经营收入利润中提取。

居于人民日报社强大的政治号召力和影响力，2011年12月16日，惠州市规划委员会第七次会议同意惠报LED显示屏设置在市区东江大桥北桥头，惠州会展中心门前广场东南角绿地内（靠近惠州大道一侧），距离惠州大道路边线约22米，距文昌一路道路边线约80米，垂直惠州大道设置。屏幕长16米，高10米，厚1米；外露柱高10米（显示屏总高度20米）。它处在惠州最优越的地理位置，是惠州首个双屏LED显示屏，总面积320平方米，用以滚动播放反映惠州城市形象的宣传广告、新闻资讯和现代商业广告资讯，以高清晰的画面、耳目一新的视觉冲击力，彰显出这一新型媒体的独特魅力，成为惠州市对外宣传展示城市形象的又一个高端平台！

在筹划与推进《人民日报》惠州代印点的建设过程中，“配套工程”惠报LED显示屏建设同步进行。为按时保质完成该显示屏建设，惠州报业传媒集团成立了惠报LED显示屏项目建设工作领导小组，明确领导小组成员工作职责；在确保安全质量的前提下，领导小组每周制订施工进度表，加班加点推进工程建设；全程派员与建设单位、监理单位跟进协调，第一时间发现问题、纠正问题、解决问题；严格按照相关法律程序，聘请了工程施工监理单位、施工技术顾问，与经公开招投标程序产生的BT建设单位签订安全施工合同，全力推进显示屏建设工作。

意义：中央党报和地方党报合作的成功范例

《人民日报》惠州代印点的建成运营，中共惠州市委、惠州市人民政府，人民日报社和惠州报业传媒集团可谓皆大欢喜，各取所需，实现了多方共赢。

对惠州市委、市政府而言，代印《人民日报》是全市文化建设进程中的大事，有效地提高了惠州城市知名度、美誉度和影响力，借助《人民日报》的金字招牌，对提升惠州城市的形象有“近水楼台先得月”的强大优势，为全市外宣工作注入了全新内涵；《人民日报》是国内外具有巨大影响力的媒体，代印和发行工作也将加强《人民日报》与惠州的联系，从另一方面也有利于更加牢固地奠定惠州在粤东地区文化媒介的中心地位。

对人民日报社而言，惠州作为粤东“重镇”来承印《人民日报》，将大大提高《人民日报》在粤东地区尤其是惠州市、河源市和汕尾市的发行时效和覆盖率。惠州代印点开印后，《人民日报》在粤东区域内尤其是惠州市、河源市和汕尾市的发行距离大大缩短，区域内的读者当日上午就能收阅《人民日报》，从时效上有效缩短了《人民日报》到达读者手中的时间，从而也将进一步扩大《人民日报》在粤东区域的发行量，进一步提升《人民日报》在粤东地区的影响力。

作为代印单位，惠州报业传媒集团无疑是最大的赢家。从微观方面看，一是使该集团新闻纸印刷的知名度得到巨大提升，增加、带动了旗下印务公司新闻纸印刷业务量，避免了设备空置；二是有利于该集团进一步学习借鉴《人民日报》一整套成熟的采编、经营、管理制度，有助于改变一些守旧的方式。从宏观上来看，为该集团全媒体融合发展增添了新的生力军，是其大力实施跨媒体、跨行业、跨区域发展战略的生动案例，实现了全媒体生产、全介质传播、全方位运营的转型，预示着惠州大传媒时代呼之欲出。

事实上，无论是《人民日报》惠州代印点的开印，还是惠报LED显示屏的运营，都是两家报社在数字传播这一新兴媒体领域的重要合作，也是传统纸媒体向全媒体转型的一次新探索；是中央党报和地方党报合作的成功范例，必将大大促进人民日报社和惠州报业传媒集团事业产业发展。

令人欣喜的是，惠州报业传媒集团目前正在加快建设占地58000平方米的全媒体产业基地，其中占地约3400平方米、高三层、建筑面积10000多平方米的印务大楼2013年可投入使用，届时启用新厂房，并投资2000万元购买新设备来满足进一步拓展《人民日报》代印范围的需要和做好安全出报的备份工作，可以预见的是，该集团接下来从硬件和软件上将为代印《人民日报》提供更加优质的服务，实现更大程度上的双赢。

（2012-09-12）

注重形式处理与内容调配的异同

——浅析地级市党报与都市报差异化执行策略

主报与子报之间的差异化，不等于相互妥协和一方进行放弃，不是你有便我无，我有便你无，这种差异化是肤浅的“你取我弃”和“我取你弃”。本土党报和都市报的差异化执行机制，往往操作性不强，执行过程困难，效果不佳。当下不少地市级报业传媒集团旗下的本土党报与都市报的关系，就是父与子的关系，被依附与依附的关系。党报与都市报应该是两家报社之下的两张报纸，如果是畸形的一家报社和一家报社所属大部门之下的“一张半”报纸，那么都市报充其量就是“半张报纸”而已。都市报之所以不尽如人意，主要是统得太死，放得不开，顾忌太多，尤其与党报之间的关系太暧昧：完全一家子吧，说不上；两家人吧，千丝万缕说不清。原本两张报纸，必然是两种风格、两个特色，党报与都市报不能是同质化的产物。从管理文化、团队架构以及办报理念、思维方式，特别在新闻判断、理解与操作方面，不能雷同。设若就体制、机制，企业文化进行复制，将是党报与都市报同质化、无法差异化的深层原因。

党报与都市报在新闻取舍以及操作上为何无法差异化？这就如同对待一个抽象的问题，让一个人去解答出“两个答案”。这“两个答案”是难以避免相近甚或雷同的命运的。很简单的道理，同是这个问题，如果让两个人各自去找答案，他们的答案必然会烙上各自理解的色彩和思维的方式。同理反证，地级市党报与都市报“两报实则一家”的架构体制，产品以及品质的同质化和无法差异化是自然而然的。

而就对“差异化”本身的理解，《南方日报》和《南方都市报》，《广州日报》和《信息时报》的做法，就显得大气、自信和厚重，没有背思想的包袱。

举2009年7月11日季羡林、任继愈两大师仙逝这一题材为例。南方报业系的《南方日报》和《南方都市报》的新闻取舍，惊人地一致：做大做全做强、重处理。《南方日报》浓墨重彩地在头版二条版位以三分之一的篇幅＋A7、A8两个整版进行解读，A8版甚至是即时的相关人物访谈；《南方都市报》则超强突出地在头版用四分之三的版面进行导读＋A4～A8共5个整版彻底纵深报道。

在这个新闻题材的处理上，《南方日报》《南方都市报》两报的取舍标准和新闻判断，十分契合。当天的《广州日报》，在头版二条版位以三分之二的篇幅强处理，与南方报系的头版两张大图的新闻处理异曲同工，并配发了即时评论。《南方日报》《南方都市报》《广州日报》三大报在对待这个新闻事件的新闻操作手法，可谓“英雄所见略同”。

如此观之，如此重大的新闻事件，主报与子报之间、大报与大报之间，是不存在所谓的“差异化”的，对待新闻的敏感和新闻的取舍，对新闻本身的评判的本质和标准是一样的，或者说是接近的。如果一定要说有什么不同，那就是形式处理上的不同，内容调配上的不同。

再来看一些地级市党报和都市报在新闻取舍中的差异化，要求两者中分别“重处理”和“弱处理”，“详报”和“略报”，甚至有时纯粹地硬性要求避免重稿。这种对“差异化”的错误理解，实在过于武断和极端，相较于《南方日报》和《南方都市报》的新闻取舍和对差异化的执行与理解，这些地级市党报和都市报的做法就不仅是理念上的矮子，更是观念上的侏儒。

一句话：主报与子报之间，独立才能差异化，包括思想的独立、精神的独立、执行的独立。

（2009-07-13）

“地毯式”发行抢占零售读者市场

报纸的发行与新闻采编、广告并称为现代报业媒介运营中三位一体的其中一环，三者互为补充，相互牵制又相互促进，紧密而不可分。发行工作的出色与否很大程度上决定着报纸的存活，发行量的多少，在一定意义上决定着其影响力、公信力与号召力。发行之于报纸，是与采编、广告同等重要的三驾马车之一。

发行的对象是谁？

报纸最主要的受众当然是最广泛的人民群众。事实上市民一直以来都是大众报纸发行中最忠实的拥护者。因此，做好市民（本行政区域范围的概念）的发行是首要的，我们的发行量至少应有三分之二甚至五分之四的比例产生在广大市民中，都市生活类报纸，主要靠的是订阅和零售发行。

次于市民大众发行的攻关对象应是企业。企业既是我们今后广告经营中的“财神”，同时也是搞好发行的“消耗大户”，一个忠实支持我们的大企业，其订量有可能上十份、上百份，甚至更多。

第三块发行区域可定位在市内各级党政机关。政府渠道无疑是最稳定有效同时也是最具号召力的一个发行平台。但必须客观地认识到，我们报纸的定位及最初的影响力可能有限，在党政机关中的发行我们不能寄予太大希望，但亦决不能轻视或忽略。

第四块发行阵地可锁定在学校与部队。在所在辖区的行政区域内，有大学以及各级中学与小学，这是不能小视的一个相对庞大的发行网络；此外，驻军与武警支队也可兼顾考虑在内。其他渠道也要考虑。

怎样开拓发行市场?

做好针对人民群众的发行是首要考虑的。

针对群众发行的做法，主要做好两方面的工作：抓报摊的撒网铺点与制造新闻事件进行造势，借此增强报纸的影响力与在群众中的公信力、号召力。

报摊的撒网铺“点”。报纸的报摊发行是十分普遍而又十分重要的。绝大部分流动的读者和相当部分的固定（家庭）读者都是通过报摊购买报纸的，都市报要做好在惠州全市范围的发行，基本的工作应当在全市范围内的报摊对自己的报纸进行铺点，即传统上说的搞“地毯式”发行。在我们力争做到“要买都市报，找到报摊即可”时，让群众切切实实地享受购买报纸的便利。

全方“面”策划新闻事件进行造势。发行工作同样需要吸引眼球。吸引住广大人民群众的眼球将有助于提升他们对我们报纸的信赖度与忠诚度，进而转化为购报或买报的行动，从而提高了发行量。

要吸引群众眼球，我们要做的就是策划新闻事件，我们甚至可以理解为对自身进行炒作或作秀。如全员上街卖报（《南方都市报》《东莞时报》刚创刊时曾采取此做法），卖报送礼物（油、米、洗发水、纸巾等），举行与群众零距离面对面的开放日，举办报社领导接待日，尽可能在能力范围内切实地解决群众的投诉或反映的问题，以此来增强都市报在群众中的声誉，营造良好的公信力、号召力和亲和力等。

企业是报纸订阅的消耗大户。针对企业发行的做法，概而言之可谓为“捆绑”，即与企业结成一定意义上的战略伙伴或同盟关系，使我们的发行与其企业的兴衰联系在一起，达到一定程度的“一荣俱荣，一损俱损”。

“捆绑”大企业。找大企业无疑是一种明智之举，尤其以快速发展壮大中的民营企业为佳。作为民企，他们在快速发展的过程中，需要社会各种正面力量的扶持与帮助，尤其离不开新闻单位的摇旗呐喊；而作为新闻单位，在今天市场经济条件下，媒体的经济效益的产生需更多地借助于企业（主要是民企）来实现；在民企与媒体两者各自利益的权衡下，相互间的合作空间无疑是巨大的。由于这种合作不是流于表层和一时一次之间，因此我们可以将彼此间的相对长期稳定的合作伙伴关系谓之“捆绑”。

家庭、企业之外，抓好党政机关发行十分重要。针对机关的报纸发行，主要找乡镇与村这两级。

动员乡镇与村两级。前面已经说过，必须客观地认识到，定位为都市生活报，就是一份十分大众化和生活化的日报，其一开始不可能有主报的影响力和号召力，因此在县、市以上级别的党政机关中的发行，我们无法寄予多大的希望；然而，县（处）以下，还有镇与村两级，这两级最基层的单位，恰恰是可以大行其道的地方。原因很简单，镇与村的政治色彩已比较淡化，行政人员没有那么严肃，在对待新闻的取舍角度与心态上，更倾向于生活化和世俗化，都市类报纸正好更适合其口味。再者，我们在他们当中的“号召力”较强，分量较少打折扣。因此，对他们的发行动员工作做起来会简单有效得多。

重视报纸在学校与部队的发行

学校与部队的发行市场应高度重视。针对学校与部队发行的做法，首先学校的发行一定不能小视。中学（高中）以上的学校务必都有报摊。在当地行政区域内的高等院校更应十分重视。

重视校园报摊的建立。应该尽可能地创造条件在全市各级学校设立报摊（亭），这是不能小视的一个发行网络。要引起重视的是，往往师生的传播效应是一般人群所不及的，设若全市师生人手一份都市报，那这份报纸至少就可打遍惠州无敌手了。此外，当地驻军与武警支队的发行也可兼顾考虑在内。

（2012-07-09）

设立专门栏目一体化　实施报网互动

互联网的普及正在对平面媒体形成越来越大的冲击，越来越多的读者，特别是年轻人转向从有线电视、互联网等渠道获取新闻资讯。面对网络带来的巨大压力，作为惠州报业传媒集团旗下平面媒体的《惠州日报》《东江时报》，必须采取积极应对措施，报网互动十分必要且迫在眉睫。从惠州报业传媒集团事业、产业一体化的角度，两报与今日惠州网、惠州新闻网该如何互动？

网站应对报纸稿件进行深加工

当前，《惠州日报》《东江时报》有一部分要闻稿件和今日惠州网的相当部分稿件均来源于国内一些主流网站，尤其众多重大时政、民生新闻和角度新颖、形式活泼的网上话题，逐渐成为重要的新闻来源。

今日惠州网还有相当一部分资讯来源于《惠州日报》和《东江时报》的原创新闻。今后，今日惠州网对于《惠州日报》《东江时报》的原创新闻，尤其是要闻稿件的转载不应满足于复制粘贴，而应有选择、有重点地进行二次加工，用多媒体形式提高新闻产品的可读性和互动性。

另一方面，《惠州日报》和《东江时报》也应该加大采用今日惠州网原创新闻资讯的力度。见报时冠以“本报讯　据今日惠州网报道……”。

报网共享重大新闻事件资讯

在报纸、网站、读者间互动的信息通路中，网站承担着一种中介和言论集散地的功能，这种功能在重大新闻事件中表现得尤为突出。

比如在全国、广东省及惠州的“两会”期间，今日惠州网可为网友发表见解专门提供一系列接口。除新闻评论端口外，还可在专题策划编辑中有意识地选取热点话题供网友讨论，或者在论坛中开设“两会专区”。

在会议期间，一些民生问题必定引起网友的热切关注。这些言论、网评经今日惠州网选取后递交至《惠州日报》《东江时报》夜班编辑部，由编辑选择加工后见报。转载至报纸见报后，可再次到网上“回炉”，激发更多的市民参与讨论。

大型报道联合采访，相互供稿

报网的差异性与互补性，使大型报道中的报网联合采访具有了必要性。今后，在《惠州日报》《东江时报》与今日惠州网联手报道大型新闻事件中，应充分共享报道素材。

具体实施中，《惠州日报》《东江时报》可侧重文字报道，今日惠州网可侧重于图片报道，报网相互供稿。在报道形式上，今日惠州网除充分利用自派的采访力量外，还可采取电话连线形式采访新闻事件当事人及《惠州日报》《东江时报》两报的现场记者，以现场一线人员的视（音）频形式向网民介绍新闻事件的最新情况。

此外，待新闻事件告一段落之后，今日惠州网还可邀请本集团的报网记者“做客”自身论坛，与网友在线交流亲历新闻事件时的点点滴滴。

设立专门报网互动栏目，实行一体化运作

目前形势下，今日惠州网应将零散的报网互动固定化、模式化。与此同时，《惠州日报》《东江时报》也需要一个更加灵活、更具战略价值的网上互动平台。

今日惠州网可开设《名记名编在线》《惠民视窗》《惠州新风》《鹅城拍客》等报网互动栏目。尤其要将《惠民在线》论坛打造成拳头、名牌栏目。

《惠民在线》论坛栏目要尽可能便民、亲民、利民、为民，要尽可能方便网友在论坛平台上进行发言和跟帖，同时在后台留下真实的个人资料如有效的

联系方式、电话、地址等。今日惠州网编辑对网友发言审核后发布，并及时给予初步回复，其他网友可对发言进行评论。同时，《惠州日报》《东江时报》的记者、编辑通过管理后台可以查看到网友的具体联系方式等资料，并从中挑选对象联系，进行调查采访，形成新闻稿刊登在《惠州日报》或《东江时报》的相关栏目上。之后，今日惠州网编辑再将调查内容在网上回复，及时给网友反馈。

建立报网报题联席会制度等互动机制

《惠州日报》《东江时报》采编部门与今日惠州网可建立每周报题联席会制度；报网采编部门之间应经常性地开展采编互动活动。报网之间在时政、民生，尤其在旅游、时尚、美食、房产、汽车等板块可开展全面合作，在内部评报、新闻内容来源、多媒体电子报等方面加强协调与配合。

具体实施中，一是要设立协调机构。报网互动需要更加流程化的组织实施手段，促成报网在新闻、经营等各个层面的深度合作，在更高管理层面设立相应协调机构。二是要实施奖惩制度。要形成“报社的记者就是网站的记者，网站的编辑也是报社的编辑”的理念，在“都是一家人”的基础上，对报社、网站的记者和编辑利益机制进行重新规划，即不管是报纸还是网站刊发稿件，都有相应报酬。三是要改进采访手段。让一部分机动、主力的采访人员从以往的文、图采访变为文、图、视（音）频“全媒体”采访，满足今日惠州网的多媒体新闻素材需求。

（2011-12-25）

地市级都市报360°办报思维

面对自身发展态势以及省级外来媒体进驻地方咄咄逼人的气势，作为地级市本土媒体，挑战面前同时处处是机遇。作为地级市报业传媒集团，如何来办地市级都市报？要办怎样的报？

一、关于定位

定位是方向。

地市级都市报的整体定位应是都市生活类报纸。主报是党报、机关报，强调的是“政治家办报”；都市报是都市生活报，遵循的是“商人办报”，即一切依照市场规律，以市场经济商品交换的原则，最大限度上最有成效地满足消费者（读者）的信息需求，为本土市民读者奉上一顿丰富的、权威的、鲜活的资讯大餐；打造一份具有鲜明的本土特色，张扬都市新锐、时尚生活、现代理念的新日报。

对于市民来说，他们关心的是本土的都市报将“办怎样的报”。这就是报纸的定位问题，而对于报社内部人员来讲，最关注也最切身的问题是：“怎样办报？”这就是具体的运营操作问题。

如何办报？首先要了解清楚，消费者（读者）、商家、受众有怎样的需求。作为都市类报纸的特定消费者，首先是读者，其次是商家，再次是政府职能部门，他们要报纸提供怎样的新闻？这也就是报社工作的方向：读者要报社做什么？怎样满足读者的新闻信息需求？

“怎样办报”？在没有既定的模式或已有的经验下，对他人成熟的运作模式有针对性地直接复制无疑是一个有效的途径，在借鉴、拷贝的过程中，逐步走上正轨，逐步树立自己的风格与特色。创业之初，身处广东，本省成熟的都市生活类报纸《南方都市报》与《信息时报》都是不错的模仿对象。

二、关于报社组织架构与人员安排

组织架构是一个单位核心竞争力的重要方面。“没有不行的人，只有不行的团队”，团队的优势首先就是反映在组织架构方面上。

都市报首先是日报，其次是都市生活报，是一份市场化的报纸。借助新闻媒介的力量，最大限度上体现媒体的社会效益，并借此实现最大化的经济效益。此两大效益的实现途径，最主要有两个方面：一是做强做足本土化的民生新闻，即社会新闻；二是做大做优经济新闻，尤以产业（行业）新闻为甚。

报社的组织架构与人员调配无疑是应围绕客观的需要与市场的定位来进行的，可设置架构如下：

——社领导。

——编委。

——社领导办公室。

——编委会（下设编辑部）。

——要闻部（主打时政、政务类新闻）。

——评论部。

——社会新闻部

a. 深度策划报道组；

b. 突发新闻组（机动组）；

c. 民生新闻组。

——经济新闻部

a. 策划中心；

b. 行业（产业）新闻组；

c. （深度）周刊新闻组。

——时事部（港澳台新闻、中国新闻、国际新闻）。

——体育娱乐新闻部。

——文艺副刊部。

——区域新闻部（各县区记者站）。

——广告经营部。

——财务部。

——发行部。

——印刷中心。

——电脑技术部。

——人力资源部。

——综合行政部。

说明如下:

1. 组织架构的依据在很大程度上参照了《南方都市报》《信息时报》的模式，在借鉴的基础上也结合了自身的实际。

2. 坚持总体上实施采编分离原则，编委会是报社编辑部门的总策应部门，下设报社编辑部，前者是直接领导者与实施者。

3. 严格划分采编各分属系统，其中要闻部、评论部、社会新闻部、经济新闻部、区域新闻部隶属于采访部门系统；时事部、体育娱乐新闻部、东江副刊部隶属于编辑部门（这三个部门可依据实际实行部门范围的“采编合一”，采访部门亦可供稿）。

4. 广告经营部隶属独立系统。

5. 财务部隶属独立系统。

6. 发行部隶属独立系统。

7. 印刷中心隶属独立系统。

8. 电脑技术部隶属独立系统。

9. 人力资源部隶属独立系统。

10. 综合行政部隶属独立系统，属于后勤服务保障部门。

11. 人员安排:

评论部有两至三人即可。要闻部强调人员少而精。社会新闻部人员队伍壮大，需要“各显神通”的人才。经济新闻部人员队伍与社会新闻部旗鼓相当，但该部对成员在经济领域的行业、产业方面要求具备一定的知识经验，对新闻敏锐要求较高。区域新闻部人员要求综合素质较高，是多面手，能独当一面；

在各县（区）设立的记者站，采编与经营最重点地区锁定城市中心区。

时事部、体育娱乐新闻部以编辑为主。

广告经营部人员多多益善，但优胜劣汰机制须不断健全、完善。

其他部门略谈。

三、关于采编运营

（一）报纸的大方向内容

1. 社论（时评）；

2. 要闻;

3. 社会新闻（本土社会新闻，“周边”区域新闻——广州、深圳、东莞、汕头、汕尾、河源等市）；

4. 港澳台新闻;

5. 中国新闻;

6. 国际新闻;

7. 体育新闻、娱乐新闻;

8. 经济新闻（产经）；

9. 副刊;

10. 一定要高度重视加并强本土各县（区）新闻，可以专版的形式出现，亦可以区域新闻形式综合。

（二）综合部门的职责划分

要闻部记者主跑时政新闻，把市委、市人大、市政府、市政协的职能部门按领域行业给记者分线，“各耕各的责任田”。

评论部成员负责撰写社论与当前热点、焦点、难点时事评论。

社会新闻部记者负责采写常规社会新闻、突发新闻以及民生新闻。

经济新闻部记者主要采写经济新闻，以行业新闻、产业新闻为主，尤以房地产、汽车、鞋业、电子、石化、IT通讯、商贸旅游等产业为主。此外，策划中心以周为单位，策划产业周刊以及深度经济新闻报道。

区域新闻部负责县（区）的综合新闻采写。

副刊部负责理论文章、文艺版等的整理编辑。

（三）建立相关的采编（主要以记者为主）工作机制，引入竞争机制，定期（如季度）招聘新进人员，淘汰不适应或不能达标的人员。

（四）县区记者站要高度重视、大力培育，对记者站的正常化运作管理，由要闻部、经济新闻部、社会生活部三大采访部门联席协作支持，日常工作由区域新闻部管理，直接向编委会负责。

（五）有关加强采编互动

1. 抓住重点稿件的做深、做透、做大，编采双方加强交流；编辑应有一些版面与稿件的策划，由采编会议通过后提交到采访部门，由记者落实采写。

2. 采编之间相互监督，共同促进。

编辑可对记者工作（稿件）进行打分评价，反映记者的采访与稿件形成能力；记者亦可评价编辑（主要以领导评价为主），往往记者的初稿领导看不见，编辑的工作领导可以监控到，版面就是工作能力的最好说服力。

3. 每周有一次采编碰头业务交流会。相互间及时反映问题并提出具体改进、解决问题的方法。

4. 由采编每天推出代表共同执行“评报”，将具体的优点、亮点及缺陷、不足整理后反馈到采编的各自部门，并切实消化，改进今后的工作。

5. 有预期地根据形势发展与客观的实际需要，制定采编人员的内部灵活流通机制。

简而言之，即不定时实行小部分记者与编辑的调岗。这种做法一方面有助于真正促进采编间的互动，加强双方的理解，融洽沟通协作的工作氛围，对采编人员的业务综合素质提高会有极大的促进，角色的置换既可加深了解，熟悉采编一条龙的流程，可较有针对性查找出自身的不足，并获知改进的措施；与此同时，也将大大地提升报社全体采编人员的整体作战能力，终而加强报社的综合竞争力。

6. 重赏之下必有勇夫，当然这种赏（奖）必须是艺术理性的。

对记者的好稿件、编辑的好版面设立“得意奖”“利导奖”等奖励，应不设名额限制，客观条件是有好稿、好版面、的确出彩有榜样作用的、为报社争了光的、受到热烈反响的等，有多少稿件和版面都不惜重奖；反之，当天实在没有好版好稿，宁精勿滥，索性一个不评，不能凑数和形式主义对待奖励，奖励要被看成是很认真严肃的。“赏得分明”“赏得痛快”，与之所带来的效应必然是广大采编人员“争先奋勇”“勇得痛快”，一个人人争先、勇于争先的你追我赶、争先进夺出彩的生动活泼氛围就营造起来了。

7. 与重视奖励相应的是要“严罚”，所谓赏罚分明。

对违反采编纪律的，对布置安排任务打折扣的，对责任记者漏掉重大新闻的，对版面出现重大失误、错误直至造成严重负面影响和造成重大后果的，一定要严厉责罚，从精神上大加批判，物质上严苛惩处，铁腕营造一种“立功无限光荣，犯错无限可耻”的氛围，从思想根源上和现实土壤中切断那些不作为、不愿作为的人与事以及出现概率的生存空间。

8. 关于特刊策划与执行。

（1）要有提前的计划，如“五一”“十一”“3 · 15”等，这是打常规牌的；另一类是突发的，如为适应形势而策划的大题材等。

（2）要制定一个联动机制，策划部门、采访部门、广告部门、编辑部门等一定要协同作战，分工配合。责任明确而默契。

9. 采编人员不能涉足广告业务（对广告人员的配合除外）。

报社的记者、编辑是不能参与洽谈广告业务的，《南方都市报》《广州日报》等报均如此；采编对外的身份是非常单纯的，就是来进行采访报道的，至少他们在程序上面是做得如此冠冕堂皇。很简单的一个原因：只要报社的记者直接地参与到广告业务具体经营过程中，报社的整体形象一定会受到负面的影响，在受众心目中的“媒体”的本位精神（新闻舆论监督）就会遭受质疑；记者及所采写的稿件的公信力就会受到受众广泛而深远的怀疑。这种后果在短时间内是隐性的，但负面的效应是灾难性的，且极难修复！

10. 大力培养名记名编，打造品牌版面。

很显然，记者、编辑们的名气与分量首先是依托于报社这个平台的，离开这个平台，名记名编的光环或许将不再。对报社而言，大力培养各行业各个领域的名记名编，对提升报社品牌和增强受众对报社的认同和归属作用巨大。这道理一如球迷因喜欢罗纳尔多这个球星进而“爱屋及乌”地喜欢巴西队。

名记名编的培养，对报社（报纸）的品牌推广也是十分有效的助推器，因为人们往往接受一个名人比接受一个单位（事物）要容易得多。

平时报社宜多做一些自我包装、策划的自我宣传，如可以在主报与子报之间的版面上相互推介；在公交车、公交站牌等空间地域进行公关行为。同时也舍得成本对名记名编进行包装和推介。此种做法，凤凰卫视堪称当今我国最佳范例。如《小莉看世界》《胡一虎·纵横中国》《鲁豫有约》等，可谓家喻户晓，而这些栏目的成功打造之前，首先是从包装上以节目的主持人开始的。

11.坚持实行好“按劳分配”的工资薪酬待遇制度。

要极力拉大优秀采编人员与落后人员的收入差距，刺激报社整体员工的工作积极性以及危机感、紧迫感，强化采编人员的责任意识、竞争意识、公平意识、忧患意识，通过现实上的比较与心理落差上的事实，推动整个采编团队争先创优氛围的形成。

四、关于广告经营

广告经营是我们赖以生存与发展的生命线，广告经营活动的重要性及其地位在此不做阐述。

以下一些做法供参考。

1.广告经营活动中，“锁定自己的秘密武器”。

作为本土报纸，本土优势一定要充分发挥，攻占广告客户绝大多数是本土的商家，所谓“锁定自己的秘密武器”，其实施的实质说穿了就是抓住本土的广告客户中的主流客户，与抓矛盾要抓主要矛盾同理。

核心广告客户基本上可以锁定在房地产业、车行、旅游业（景区、旅行社）、商贸（超市）酒店业、通讯业（移动、联通、电信）、教育（学校）、医疗等领域。一个总的指导思路：各行业的实力排行居于前10名（或20名）的商家，是我们的黄金客户，一定要牢牢锁死，不容有失。一个总的原则：竞争对手能做到，我们也一定要全力以赴做到，并且直至超越！自然包括对广告业务的猎食。

2.不折不扣地执行“针尖对麦芒法”。

此方法虽然笨，但效果却十分显著。具体的工作方法就是：紧紧盯着竞争对手每期（每天）刊登的广告及其客户，让本报广告责任人按其刊登的广告客户一个个攻克，实现终极目的就是：只要竞争对手刊登过的客户，我就一定要让对方也成为本报的客户。我们的逻辑很简单：客户可以选择他们，我们也一定可以让其选择本报！在业务开拓上有一个真理：没有不成功的业务，只有不成功的业务员。要坚信报社与广告客户的对垒，报社永远是处于上风的，何况我们是本土的报纸（媒体）呢，终归比外来媒体的综合优势要大要强！

3.特刊带动广告和专题策划带动广告。

实践证明，创意是吸引广告商眼球和催动其投放广告的有力武器，策划对广告的带动不容小视。

“特刊”及“专题策划”，因版面量大、气势恢宏、影响面广、吸引眼球，在广告拉动中，优势明显，且在当下的广告经营活动中无可替代。

但是，须引起注意的是，特刊出街不能进入以下几个误区：

(1)特刊，顾名思义，首义在一个“特”字，应是有相当的创意，在一定程度上具有相当的理论深度、视野高度，有一定的影响力、号召力和威撼力。而特刊不“特”，或创意平实，思想贫乏，高度与深度有限，这种特刊则名不符实，如此特刊对特刊本身以及广大的受众（包括读者、商家、广告商等）都是一种巨大的伤害！

(2)特刊不能过频。比方说，一周一个特刊面街，质量姑且不说，而受众的接受能力和态度首先就会出问题。多则滥，多则贱，受众的“审美疲劳”是必然的，尤其与广告商的承受周期也不和谐，久而久之则会被孤立，被敬而远之，这种代价是很惨重的。

(3)特刊打动人的是策划的思想、创意。广大的受众读者看重的是这一点，受众广告商看重的同样是这一点！广告客户投放广告的动机最主要、最深刻的原因是冲着“特刊”的质量与“特”的高度而作为的。因此，作为“特刊”实施者的我们（新闻单位），底气要硬：你（广告商）投的是广告，我（媒体）做的是新闻产品（特刊），你投放广告必须真金白银地付出，我办特刊全力以赴地卖思想、智慧。在如此进行“等价交换”之际，决不能过分地“让利”。这是心理战术，是心理素质的博弈。这时候谁稍微不够坚定地捍卫自己的立场阵地，谁的处境立马就会处于被动；尤其是在“软文”的操作上，这一点将体现得尤为淋漓尽致。

必须指出的是，过分的“软文”操作，一方面将助长广告商的“无赖”心理，助长其得寸进尺、欲壑难填；同时使公众对新闻媒体的公正性、客观性、权威性、公信力越来越打折扣，广告商在媒体面前的飞扬跋扈会与日俱增。长此以往，媒体的广告经营活动将越来越难开展，难度越来越大，广告商越来越难对付，要挟的条件越来越过分，一个对媒体广告经营工作开展不利的怪圈将陷入“恶性循环”。另一方面，“软文”对硬广告经营亦是一个挑战；软文者众，相应地则硬广告者寡，软文多、硬广告少的直接结果就是广告经营总体创收水平下降！省内成熟的几大媒体，在他们广告经营活动中，软文的操作就是很少的！

(4)“特刊”一定要舍得版面做“特”的文章。要有相当比例的版面踏踏实实、不折不扣地执行特刊的策划意图，真正做出思想性、理论性或知识性、趣味性，做出高度、深度和广度，每一份特刊策划应是一份可做“史料”一样具有保留价值的信息资料的集锦。

(5)“特刊”制作，一定要在报社各有关部门进行充分的联动，协同作战，从策划创意的提出到形成执行方案，再到落实到采访部门的采写、广告部门广告的跟进落实，直到最后稿件的合成编辑、版面统筹，整个流程涉及人员面广，多部门参与，过程繁复，而流程应是清晰的，责任是明确的，分工是合理科学的，牵动全局而一气呵成。

4.有计划、有意识有、侧重地多搞广告客户联谊会。

通过举办这种活动，一是沟通有无，增进感情，营造和谐协调的相互关系；最重要的是，借此渠道，让报社高层与重量级的广告商（黄金客户）有机会直接进行对话，建立感情，可增进单位与单位之间、双方高层之间的互信，从而巩固相互间的合作基础。

5. 加强业务人员的培训，纯洁队伍思想，提高团队作战能力，营造共事创业的奋进有为的工作氛围，打造奋勇争先、合作共赢的团队文化。

6. 新闻与广告的配合问题。

(1) 双方友好往来型。

广告客户是报社的“上帝”。对于那些向来对报社的经营活动给予大力、友好支持、配合的广告客户，一定要以礼相待，并珍视与他们的交情。不论是单位与单位之间的，还是人员与人员之间的，在平时的新闻宣传上，报社应有所照顾和侧重，对他们的新闻事件和新闻素材进行必要的合适的回报。须注意的一点是，这种回报绝不是以“软文”的形式，一定要用新闻的方式操作。这样对读者、对广告客户、对我们报社自身才有公信力和形象力！

(2) 应对“流氓、无赖”反击法。

现实中，总有那么一些超级泼皮的客户。他们软硬不吃、好歹不分、雷打不动，十分难伺候。古人云：君子之为不适于小人也。高尚文明的做法是无法攻克他们的。对于这类泼皮客户，唯有以毒攻毒。你不无赖吗？我以流氓对之。在适当的时候，“以新闻的名义”，对其进行必要的“打击报道”是可行的，也是应该的。新闻媒体的天职之一就是鞭打丑恶，维护和谐。对这类客户，有策略地施以负面报道，有力地抨击，打他一巴掌，再艺术地进行安抚，迟早他将“俯首听命”于我们。这一做法，普遍适用于《广州日报》《南方都市报》《信息时报》等媒体，如《广州日报》曾对“富士达胶卷”的负面打击，就是类似手法的经典之作。

(3) 重视未来的合作伙伴。

对凡是举行新闻发布会（或类似的信息发布会）的一律给予发稿，充分体现媒体作为公共信息发布渠道的本位职能。尤其对企事业单位的新闻发布会，要寻找新闻点做大做强，通过对企业新闻发布会进行报道的契机，可制造很好的借口让广告经营人员快速跟进，这类爱“张扬”的企业是很应重视的准广告客户，很大可能成为未来的合作伙伴。

7. 树立“遵守游戏规则”的意识。

广告经营部的人员为业务人员，对外不应以“记者”“编辑”的身份从事业务活动。广告经营人员一般不要介入新闻采编的活动，一如采编人员不要直接洽谈广告业务经营。要接受工作的分工，准确定位自身的角色，干好本职工作。

业务人员在与广告客户交往过程中，切记不懂新闻而好为人师，严禁没有把握而信口承诺。杜绝以软文换广告，以新闻宣传做诱饵与客户签约。届时事实上造成了由于采编的安排和版面的需要而不能兑现当初对广告客户的承诺的情况，其后果是严重的，一来损害了报社的声誉，败坏了单位的形象，同时业务人员的信誉亦在客户心目中被损毁，客户的心理落差则有可能造成业务的流失，最终造成报社遭受损失。

五、关于同行打擂与竞争，预期未来省内媒体进驻的形势。

用发展的目光来看，一个事实是，广东辖内各地级市所在本土党报与都市报，其所面对的竞争对手绝不仅仅是《南方都市报》，而是必然要应对包括《广州日报》《羊城晚报》《南方日报》等省内三大报及其集团子报等一批外来的媒体。

如果说，他们是一群狼，要立于不败之地，那自身也必须是狼，且是在自己的家园比他们更狠的狼！因此，从一开始，就必须设定一个预期，即短时间内、中期、长期，省内媒体的进驻本土，自身系统的、一揽子应对计划该如何？应如何科学地制定本土都市报的起步、竞争、发展、壮大，打赢这“五步一体”的战略规划？这应是要深刻研究的一个重大课题。如是否可以从起步阶段就寻求某可靠的、可行的战略发展伙伴？是否可以主报与子报整体协同作战，资源整合高效利用？与县（区）党委政府有无战略性的长远合作可能？是否会考虑引进顶尖经营人才？

（2006-03-09）

后记

关于这本书，不论是出版前，还是出版后，我的一个真实的心理状态始终是忐忑的。说句客气的谦恭的话，书中的文字，还比较稚嫩、比较偏激、比较片面，欠缺了一些理性与深度，思想性与艺术性还有一些不足……

或许，正是这些缺憾与不完美，凸显出全书传递的本真、自然、积极与正义的正能量，尤其文字当中迸发的沸腾热血与男儿血性，对天地、君亲、民族、国家、人民的热爱、忧患以及君子坦荡襟怀更加显得弥足珍贵！更甚者，我时常有这样的自我感动与冲动：一定要把自己青春的勃发、年轻的激情、成长的盲从、理想的坚守、信念的执着，以及对祖国的热爱、民族的自信、传统的推崇、自然的膜拜，与更多的曾经青春、正值青春和即将青春的人们一起来分享。

我的理解，今日中国，公民的言论是自由的；所谓言论自由就是诤言无忌。然而，只要有阶级的地方，就会有斗争，就会有对言论自由的限度；任何国人，至少不能反道德、反党、反社会主义、反祖国、反人民，这是公民言论自由的一条底线。

我之所以忐忑，一方面是十分自信于自我的年纪轻轻而沧桑世事、洞悉未来，以及思想上无上的纯度与一定的深度；另一方面，我并不确认书中我到底有没有说错话，或者是说错了多少话；有意或无心之间，是否犯了什么人的忌，犯了多大的忌；虽然自己行文时心里本着善意与正气。

我必须剖白与承认，我内心深处是多么清高；然而，我也无法免俗，我也热爱名利。名利这东西多好啊，单单想象着，便可让人感觉激动与幸福。对于这本书可能会带来的正面或负面、积极或消极的影响，我自然曾经想过，但没有去深究，能出版抑或不能出版，已经出版了；该来的终究要来，且已经来了；是福是祸，敢于担当便是了。这本书可能给予我的或名或利，或祸或福，而今木已成舟，我已无从选择；如果可以选择，请允许我选择名利皆收。这是常人的常识判断，自然是我的真话。

至此，不论前面铺垫的话说了什么，说了多少，已无关紧要。我无法忽视的是，她终归还是公开出版发行了，有缘的万千读者终将可以看到。我不是客套地表白一点，这本文集终将得以面世，南方日报社原社长范以锦老先生、深圳晚报社副总编辑周智琛先生的序言，让本文集这只草鸡，顿然有了那么点成了枝头凤凰的意味；中青报业原副总裁林炜先生，岭南画坛泰斗叶绿野老先生，中共惠州市委常委、宣传部长黄雁行女士，以及张小虎、黄敏、蓝广浩、江晓华、邓耀文、刘远程、李健、吴景华、黄英剑、黄林海、柯西东等诸先生，在出版过程当中的无私指教与提点，也有那么些画龙点睛的功效。借着这些文字，我诚挚地向他们表达敬意与谢意！

和所有出书的后记一样，我也有这么一段话：由于时间仓促，由于水平所限，由于经验欠丰……书中难免有纰漏或值得商榷与不尽善的地方，尚请万千读者火眼金睛、技高一筹不吝批评教正，以便再版时修正。

是为后记。

张元基

2014年1月于广东惠州